Ma sœur aux yeux d'Asie

DU MÊME AUTEUR
(principaux ouvrages)

ROMANS, aux Éditions Albin Michel

L'Accent de ma mère.
Nous sommes 17 sous une lune très petite.
Les Quatre Murs.
Le Jeu de Dames.
Les Américains.
Trompe l'œil.
Une place au soleil.
Drôles de voyages.
Drôles de métiers.

LITTÉRATURE

Histoire de la Littérature prolétarienne en France, Albin Michel.
L'Honorable Japon, récit, Albin Michel.
La Peau des choses, poésie 1946-1957, J. R. Arnaud.

CRITIQUE ET HISTOIRE DE L'ART

25 ans d'art vivant, 1944-1969, Casterman.
L'Art, pour quoi faire? Casterman.
L'Art abstrait, tomes 3 et 4, Aimé Maeght.
Naissance d'un art nouveau, Albin Michel.
Les Maîtres du dessin satirique, Pierre Horay.

URBANISME ET ARCHITECTURE

Histoire mondiale de l'architecture et de l'urbanisme modernes :
Tome 1, Idéologies et Pionniers, 1800-1910, Casterman.
Tome 2, Pratiques et Méthodes, 1911-1976, Casterman.
Tome 3, Prospective et Futurologie, Casterman.
Où vivrons-nous demain? Robert Laffont.
Esthétique de l'architecture contemporaine, Griffon, Neuchâtel.
L'Homme et les Villes, Albin Michel.
L'Architecte, le Prince et la Démocratie, Albin Michel.
L'Espace de la Mort, Albin Michel.

Michel Ragon

Ma sœur aux yeux d'Asie

ROMAN

Albin Michel

22, rue Huyghens, 75014 Paris

ISBN 2-226-01399-7

Les livres, même ceux qui s'oublient le plus vite, durent encore plus que les existences humaines ; je voudrais fixer dans les feuillets de celui-ci quelque chose d'elle qui lui survive un peu.

PIERRE LOTI.

A James Guitet

lage dans le temps et l'espace. Décalage dans le temps puisque Odette me ramenait brusquement à ma petite enfance, au temps où vivait encore notre père ; décalage dans l'espace parce que Odette, malgré son prénom bien de chez nous, avait un regard d'ailleurs, un regard félin, un regard d'Asie, un regard qui n'était pas celui de notre tribu.

Déjà ses cheveux noirs détonnaient dans notre famille aux cheveux blonds ou roux. Et son regard noir parmi tant d'yeux noisette ou verdâtres. Et puis il y avait son surprenant engouement et ses brusques éclats de rire.

Du coup, Odette faisait basculer la bourrellerie de cousin Gaston dans l'insolite. Je ne m'y sentais pas immédiatement à l'aise, immédiatement chez moi, comme à l'ordinaire. Odette, sous l'accumulation des colliers de chevaux, des selles, des licols, des brides, des fouets suspendus au plafond ; au milieu du bric-à-brac habituel de cuirs cisaillés, d'attelles de bois, de jougs de bœufs, d'éponges de Syrie, de pièces de basane, de toiles, de bourre, ne semblait pas à sa place. Peut-être aussi, inconsciemment, éprouvais-je l'impression jalouse d'une intrusion dans mon domaine à moi.

Cousin Gaston avait à peine tourné la tête à mon arrivée, tout occupé à son méticuleux travail, assis sur son tabouret de bois, devant son veilloir. Il serrait sa pince à coudre entre ses jambes, les mâchoires de bois pinçant deux pièces de cuir qu'il appointait ; le pied gauche surélevé par une cale de bois.

Pareille position, et un travail à effectuer toujours au galop, rendaient les effusions

Pour une surprise, on peut dire que c'est une surprise ! Alors que j'avais pris la fuite, les frisés aux fesses ; alors que j'étais tout naturellement revenu dans la petite ville de mon enfance : Fontenay-le-Comte, en Vendée ; alors que j'accourais, comme à chaque fois, dans la bourrellerie de cousin Gaston (où j'aurais bien pu devenir bourrelier si ma mère ne m'avait ambitionné des mains blanches), j'y trouve une jeune femme rieuse, aux lèvres rouges, trop peintes, comme c'était la mode en ce temps-là, les cheveux noirs, raides, coiffés à la Jeanne d'Arc et des yeux en amande qui s'étiraient comme ceux d'un chat. Et cette jeune femme, cette jeune fille, qui devait être mon aînée de quatre à cinq ans, se précipite et m'embrasse :

– Je suis Odette, tu ne me reconnais pas ?

Et elle m'ébouriffe les cheveux en me tirant la langue.

Oui, pour une surprise, elle était de taille ! Odette, je l'avais presque oubliée, Odette ma sœur ; enfin, plus précisément la petite Annamite ramenée par mon père des colonies et qu'il avait adoptée en lui donnant le nom de notre tribu. Et un prénom chrétien : Odette.

Dans la bourrellerie de cousin Gaston l'introduction d'Odette paraissait irréelle ; une sorte de déca-

trop pourquoi, mais ça me déplaisait. A peine avais-je retrouvé ma sœur (ou plutôt l'avais-je trouvée, car je la connaissais si peu) que déjà je la sentais devenir la proie de ces étrangers et, glissant tout contre ce danger, sembler y prendre un malsain plaisir.

– Pourquoi te peins-tu les lèvres si rouges ?

Comme elle sentit le reproche dans cette interrogation, elle me répondit avec désinvolture :

– Tu n'y connais rien. C'est comme des fruits. Les hommes ont envie de mordre dedans.

Et elle riait, riait.

A la fin, ce rire d'Odette me paraissait indécent. Trop de rire, trop d'engouement. Je n'allais pas lui demander de pleurer parce que nous avions perdu la guerre mais, quand même, il me semblait qu'elle en rajoutait.

Je m'en ouvris à tante Victorine qui me dit d'un air sentencieux :

– Que veux-tu, mon pauvre drôle, c'est un oiseau des îles, Odette. Un papillon. Madame Butterfly ! Elle n'a pas notre lourdeur de cul-terreux. Parfois, elle me fait envie. Mais en même temps, j'ai peur pour elle. C'est une créature si fragile que ton père nous a laissée. Une bien grosse responsabilité, tu sais. J'ai fait ce que j'ai pu. J'ai voulu lui donner notre éducation. Mais en même temps, on n'est pas riches. Il fallait bien qu'elle travaille. Puis elle est tombée si vite malade. Pauvre petite ! Le climat ne lui convenait pas. Ces oiseaux des îles, c'est fragile, tu sais. Avec toutes ces années de sana, elle est devenue un colibri en cage. Un petit oiseau des îles qui chante dans sa cage. Tu la connais bien peu,

Odette. On vous a séparés si tôt. Ta mère ne l'a jamais acceptée, bien qu'elle eût promis d'en faire sa fille. Mais on sait ce que valent les promesses de « promises ». Après la mort d'Aristide, c'est moi qui suis devenue le tuteur d'Odette. Comme si je n'avais pas déjà suffisamment à faire, avec une fille toujours patraque et un gendre incapable.

La tante Victorine cultivait ses fantasmes. Sans être vaillante comme une vraie paysanne, la cousine Suzanne, sa fille, n'était pas valétudinaire, mais seulement de complexion délicate. Fragile. Rêveuse. Jeune fille du Café du Cerf, du temps où la tante Victorine en était la tenancière, elle y apparaissait comme une demoiselle plutôt jolie que guettait ce qu'on appelait le mal de poitrine.

Je retrouve deux photos de Suzanne. L'une est signée Vve P., Fontenay-le-Comte. Sur la première, sa coiffure frisée au fer, le cou très dégagé, le nez retroussé lui donnent un air malin. Sur l'autre, assise dans un affreux fauteuil à franges, elle porte un joli tailleur à jupe plissée, un grand collier de fausses perles qui lui pend jusqu'au ventre, et tient à la main une brochure un peu écornée à force d'avoir servi à tous les clients du photographe.

Suzanne, je l'ai déjà dit, avait été élevée par sa mère comme une demoiselle. Elle jouait de la mandoline, ce qui, certains dimanches, arrivait à émouvoir les clients du Café du Cerf, entre deux beuveries et manilles coinchées.

Cette mandoline, preuve de son accession au monde du loisir, donc presque à celui de la culture savante, et par là même au monde de l'argent et de la considération sociale (c'est du moins ce que l'on croyait à la base) ; cette mandoline, objet de fierté pour la tante Victorine, allait être bientôt la cause d'un chagrin que les années n'apaiseraient pas.

L'un des clients du Café du Cerf, un « étranger » que tout le monde appelait « le Berrichon », ouvrier bourrelier de son état, mais aussi flûtiste dans la fanfare municipale qui jouait sur la place Viète, les dimanches après-midi d'été, ce Berrichon musicien joua sans doute furtivement de son air de flûte à cousine Suzanne qui rangea sa mandoline et se mit à dépérir de langueur.

Tante Victorine eut beau faire : tempêter, menacer, hurler, pleurer, cousine Suzanne dépérissait. Le médecin ne voyait d'autre remède que la marier, au Berrichon ou à un autre, peu importait, mais la marier d'urgence ; sinon il ne pouvait répondre des suites funestes de cette langueur amoureuse qui ne pourrait que la rendre poitrinaire.

Comme cousine Suzanne ne voulait entendre parler d'aucun autre « futur » que son Berrichon flûtiste, elle finit par l'épouser.

Mais tante Victorine (quel mari espérait-elle pour sa fille ? D'ailleurs il ne s'en présenta pas d'autre) ne pardonna jamais au Berrichon d'être son gendre, lui vouant un mépris ostentatoire. Pour qu'il puisse, ce misérable, s'établir artisan, elle céda son fonds du Café du Cerf et, bien sûr, ne quitta pas sa fille.

Dans la bourrellerie de la rue du Docteur-Audé, tante Victorine régnait en souveraine absolue, ce qui lui permettait de proclamer que son gendre était un incapable puisqu'elle ne lui laissait prendre aucune initiative. Elle régnait sur le Berrichon, sur sa fille, et aussi sur son mari, le bel Hubert, qui depuis longtemps avait perdu toute envie d'ouvrir la bouche, confiné dans un mutisme résigné, le plus souvent disparu dans la cave où il se livrait à on ne sait quelles besognes et d'où il remontait comme un diable à ressort, régulièrement à l'heure des repas.

Oui, décidément, tout était bouleversé dans la petite ville de mon enfance : ces troupes allemandes qui remplaçaient la garnison coloniale de jadis ; cette folle activité dans l'atelier du cousin Gaston où l'on ne travaillait plus pour des paysans, soudain évanouis dans leurs prés, mais pour des soldats ; et surtout cette inimaginable présence d'Odette.

A cause d'Odette, je ne retrouvais pas mes habitudes dans la bourrellerie. D'ordinaire, dès que j'arrivais à Fontenay, après avoir posé mon bagage chez ma grand-mère et être resté près d'elle juste le temps que la décence des retrouvailles commandait, je me précipitais chez la tante Victorine, comme on disait, enfilais un tablier de cuir et m'adonnais aux travaux subalternes de la bourrellerie.

La multiplicité des outils, la gamme étendue de leurs formes, l'adresse particulière requise pour chacun d'eux, m'émerveillaient. Je savais, bien sûr, depuis mes douze ans où j'étais venu travailler régulièrement avec cousin Gaston tous les jeudis et les fins d'après-midi, après l'école, je savais me servir de l'alêne à manche de bois avec laquelle on perce les trous dans le cuir pour préparer le chemin de l'aiguille ; je savais me servir du couteau à pied en appuyant le pouce sur le tranchoir, la main bien engagée sur le manche ; je savais me servir du couteau à main qui se tient comme un crayon, les doigts sur la lame ; je savais me servir du formoir que l'on empoigne à pleine main, au centre de l'outil, pour former les filets des pièces de cuir ; je savais mandriner, goupiller, brédir, parer, surtailler, tracer, clouer, border, mais je m'arrêtais au seuil de la besogne d'un compagnon qui, comme cousin Gaston, aurait su fabriquer en entier cette merveille qu'est une selle à troussequin, après avoir tracé et découpé les modèles des quartiers de la selle dans des patrons en papier, sur le plancher de l'atelier ; façonner un collier de cheval avec ses attelles de bois peintes joliment en bleu ; assembler des brides à œillères, des guides à porte-mors, des courroies de reculement, des dessus de croupière, tout un harnachement destiné à cet animal fabuleux qu'était le cheval de labour et de trait.

Comment tant d'objets ont-ils pu disparaître si vite, étiquetés désormais dans quelques musées ? Mais encore je doute que tous les outils du bourrelier soient dans un musée, tant il y en avait. L'encombrement des outils et des pièces en cours de montage ou en réparation prenait une place inimaginable. Le plafond était entièrement garni de pièces suspendues. Pour le seul rangement des outils, l'armoire d'atelier comprenait douze tiroirs. Les petits établis, que l'on appelait des veilloirs, car ils servaient en effet souvent aux veillées où on les tirait sous la lampe pour terminer une besogne urgente, s'accompagnaient de tabourets. Les établis étaient faits de bois épais, si souvent meurtris par les lames coupantes qu'il leur fallait opposer leur grosseur à l'agressivité des tranchoirs. Seul l'établi du coupeur était placé à la bonne lumière. Pour un métier qui demandait tant d'adresse et de précision, et qui sanctionnait tout faux mouvement par une piqûre ou une coupure aux mains, la lumière était dispensée chichement, comme partout. On se complaisait alors dans la pénombre. Rares étaient les bourreliers (et les cordonniers) qui ne portaient pas de lunettes, leurs yeux étant vite fatigués dans ces ateliers sombres où ils étaient enfermés dès l'enfance.

Dans la pénombre et l'odeur écœurante du cuir et de la bourre, je me sentais parfois si oppressé que je sortais sur le trottoir, finissant mon travail à la bonne lumière. Et j'ai pu voir récemment à Fontenay-le-Comte que si l'on avait gardé un souvenir de moi, après quarante ans d'absence, c'était celui d'un garçonnet en tablier de cuir qui paradait devant la bourrellerie du cousin Gaston.

La bourrellerie n'existe plus. A sa place se tiennent les guichets de la Sécurité sociale et des Allocations familiales. Quant aux hangars et écuries qui la continuaient, ils ont été rasés pour faire place à des parkings. Plus de chevaux, plus de bourrelier. Cousin Gaston a tristement fini sa vie comme gardien de nuit dans un dépôt de carburant à La

Rochelle. Plus de bourrellerie ni plus personne de ce qui peuplait le territoire de la tante Victorine. La si autoritaire tante Victorine a trouvé plus coriace qu'elle en la personne de cet ogre qui l'a croquée, avalant à la suite le bel Hubert, cousine Suzanne, cousin Gaston ; qui a dévoré aussi, sans doute, bon nombre de ces soldats allemands qui pétulaient avec leurs baudriers, leurs ceinturons et leurs étuis à revolver ; qui avait déjà dévoré mon grand-père ; qui s'apprêtait à dévorer Odette.

Ma mère ne parlait jamais d'Odette. Je n'ai pas voulu l'importuner *post mortem* en mettant Odette dans un précédent livre qui était d'abord le sien. Si j'ai publié alors la plupart des lettres échangées entre mon père et ma mère au temps de leurs fiançailles, ainsi que les petits carnets de ma mère, j'ai supprimé la lettre suivante que voici :

« Fontenay-le-Comte, 9 heures du soir

« Monsieur,

« Votre lettre m'a donné beaucoup à réfléchir ; quoique l'enfant soit irresponsable des actes de ses parents, cela est naturellement s'imposer un grand devoir à remplir que remplacer le rôle d'une mère, mais l'amour maternel n'impose-t-il pas peines et joies ?

« Si j'accepte les conditions extraordinaires qui s'offrent à moi, c'est en vous demandant dans l'avenir de m'assurer une solide et durable affection.

« J'espère et prends votre parole au sérieux, comptez de même sur la mienne... »

(Toujours les grandes phrases et les grands sentiments ! Si mes plébéiens de parents parlaient dans leur vie quotidienne leur langue populaire, voire leur patois, ils écrivaient par contre comme dans les livres de Delly et de Pierre l'Ermite.)

Mon père avait craché le morceau. Il avait parlé d'Odette et demandé à ma mère de l'élever comme si elle était sa fille. Mais aussitôt la mort de mon père, et peut-être avant puisque j'ai si peu de souvenirs d'Odette, ma mère ne tint pas sa promesse. Odette n'apparaît pas dans le livre consacré à ma mère puisqu'elle ne tenait aucune place entre ma mère et moi. Odette n'a pourtant cessé de m'accompagner, depuis près de quarante ans que l'ogre l'a prise. Mais elle n'avait que faire dans l'histoire de ma mère. Elle y eût été incongrue.

Elle n'avait aussi que faire dans le petit logement obscur où je retrouvai ma grand-mère, veuve et seule, en cet été 1940. La maison de mon enfance, la maison de la rue des Orfèvres, près du pont des Sardines, avait été vendue à la mort de mon grand-père. Sans autre ressource que la liquidation parcimonieuse de ses meubles et de ses objets familiaux, ma grand-mère s'était retirée dans un rez-de-chaussée du Puy-Saint-Martin. Elle s'y tenait comme tapie, guettant l'arrivée de l'ogre, méconnaissable depuis l'abandon de sa *grisette*, cette petite coiffe blanche toute simple du bocage. Sans sa coiffe, son orgueil de pauvre, elle paraissait misérable dans ses vieilles robes noires délavées. Elle ne savait d'ailleurs plus très bien quelle contenance prendre dans ce rez-de-chaussée où elle se sentait dépaysée, sans sa cour de la rue des Orfèvres qui, avec ses poules et ses lapins en liberté, lui donnait un simulacre de basse-cour ; sans le jardin du grand-père ; sans la vigne. Sa vie s'était soudain rétrécie comme son logement. Plus de cave, plus de grenier, plus de cour, plus de rue animée. L'ogre avait aplati tout cela dans ses grosses mains, réduisant l'espace à vivre de ma grand-mère à deux pièces minuscules, en contrebas de la rue.

Ses deux mains posées bien à plat sur sa *dorne*, ayant conscience d'être devenue vieille, elle voyait sans effroi, mais avec un pincement au cœur, ce rétrécissement perpétuel de son espace à vivre, depuis le temps de sa jeunesse où elle était chambrière dans un vaste château, puis l'espace déjà plus réduit de la petite borderie où elle s'établit après son mariage, pour passer ensuite dans cet espace urbain encore vaste mais bien plus étroit que la plus petite des fermettes : la maison de la rue des Orfèvres ; et enfin cet espace de la vieillesse qu'elle croyait ultime et qui serait encore plus réduit lorsque, valétudinaire, elle irait rejoindre ma mère à Nantes, enfermée dans une seule chambre minuscule. En attendant l'espace minimal définitif du cercueil.

Je lui parlai d'Odette, retrouvée chez tante Victorine. Elle parut surprise, elle aussi :

– Ah ! Odette est revenue !

Puis elle enchaîna, après un silence pensif :

– Quand tu écriras à ta mère, ne lui parle pas d'Odette.

Tante Victorine nous avait logés dans une des chambres aménagées dans le grenier, une sorte de case au plafond bas et aux cloisons faites de planches non équarries. Deux lits, très hauts, accaparaient tout l'espace. Si bien qu'une fois dans la chambre, Odette et moi, nous ne sûmes plus trop quelle attitude prendre, ni (au sens propre comme au figuré) comment nous retourner.

Mais avec nos coutumes paysannes, encore toutes fraîches, les chambres n'avaient d'autre fonction que d'être des pièces à lits, dût-on y emmagasiner plus de lits que nécessaire. La prospérité se comptait en lits et en armoires à deux portes.

Nous avions tout naturellement accepté la proposition de tante Victorine de partager une chambre chez elle, pensant spontanément que nous ferions ainsi mieux connaissance, mais maintenant que nous nous trouvions dans un espace aussi exigu, encore rétréci par l'amoncellement de couettes et d'édredons sur les lits, nous nous apercevions avec une certaine gêne que nous ne nous étions vraisemblablement jamais trouvés dans une telle intimité.

Et puis Odette était-elle vraiment ma sœur ? Dans les très brèves allusions faites par ma mère, il ressortait que mon père sous-off de la coloniale avait ramené « des colonies » une petite fille qu'il avait adoptée. Odette était donc une de ces Annamites que l'on pouvait arracher au paganisme en collectionnant les papiers argentés des tablettes de chocolat. Était-ce la famille qui avait collecté suffisamment de papiers argentés pour que mon père puisse obtenir Odette ?

Je ne voyais aucune objection à considérer Odette comme ma sœur. Mais sa soudaine présence, devenue maintenant si intime, me troublait et me rendait perplexe.

Je cherchais à me souvenir d'Odette. Les images qui me parvenaient demeuraient floues. Dans ma petite enfance, avant la mort de mon père, je revoyais vaguement cette sœur qui ne me semblait pas une vraie sœur. Le personnage d'Odette comportait une obscurité que ma mère, ma grand-mère, et même toute notre tribu semblaient avoir entretenu à dessein. Après la mort de mon père, Odette avait été « adoptée » par la tante Victorine (toujours ce terme d'adoption). Mais moi, qui passais le meilleur de mon temps dans la bourrellerie, je ne me souvenais guère, là non plus, d'Odette. Où se trouvait-elle alors ? Que faisait-elle ? Je savais que, très tôt tombée malade, on l'avait envoyée en sana. Des sanas, elle ne revint jamais, s'étant transformée, après sa guérison, de malade en infirmière. Était-ce la première fois qu'elle revenait en Vendée ?

Comme si Odette devinait mes pensées, elle me dit brusquement :

— Tu sais que je suis ta vraie sœur. Enfin, demi-sœur si tu veux, puisque nous n'avons pas la même mère. La mienne est restée là-bas.

Là-bas ? Sans doute parlait-elle de l'Indochine. Affabulait-elle ? Et qui mentait ? La famille que j'entrevoyais soudain liguée contre cette intruse, ou Odette qui reprit :

— Bien sûr, ta mère ne t'a jamais avoué la vérité. Il faut dire que l'on parle peu, dans les familles populaires. Ou plutôt si, on parle, on bavarde, on criaille, mais pour ne rien dire. On ne s'éloigne jamais de banalités qui ne portent pas à conséquence. Dès que l'on risque d'aborder un problème essentiel, un problème grave, on s'arrête brusquement ; on le noie dans un mutisme agressif. Tout ce qui risque d'achopper est d'instinct écarté, passé sous silence, renvoyé à plus tard. On ne peut pas parler de ça maintenant ; ce n'est pas le moment ; il faut attendre. Et sauf le jour où l'on ne peut éviter l'écueil du problème à résoudre, du secret à lever, ce qui provoque alors drames et pleurs, on attend indéfiniment.

C'est ce qui se passa avec Odette. Ma mère n'en parlait jamais, ou si allusivement qu'il était impossible d'accrocher l'attention sur un sujet aussi évanescent. Et, chez la tante Victorine, on prenait des airs d'enterrement pour parler de la pauvre petite qui finirait ses jours en sana. La tuberculose faisait si peur que l'on ne prononçait jamais ce mot. Le frère aîné de Suzanne était mort de tuberculose, mon père était mort de tuberculose. Maintenant Odette vivait en sana. Et Suzanne restait fragile de la poitrine. La terreur de la tuberculose empêchait, autant que l'origine suspecte d'Odette, que l'on prononçât son nom. Recluse dans un sana, comme jadis les lépreux dans une maladrerie, on cherchait plutôt à l'oublier. Et la hantise de la contagion faisait craindre son retour.

Je repris ma place à la bourrellerie, servant d'apprenti (ou plutôt de manœuvre) à cousin Gaston. Il n'était en effet pas question de rester inactif, d'attendre « les événements », de se croire en vacances. Le travail, le train-train régulier de la quotidienneté n'attendaient pas.

Nous étions donc séparés toute la journée, Odette et moi. Elle restait avec cousine Suzanne qu'elle aidait aux travaux de ménage et de cuisine. Mais Suzanne ne voulait pas qu'Odette fasse des travaux trop fatigants. Un tuberculeux guéri restait un individu fragile. Odette m'avait dit que, lorsqu'elle avait quitté le sana en tant que malade, pour le réintégrer aussitôt parmi le personnel, le médecin avait réuni les « guéries » pour leur dire :

— Mesdemoiselles, souvenez-vous que vous êtes désormais des fleurs de serre.

Elle s'insurgeait d'ailleurs contre cette limitation faite à une vie de plénitude et d'insouciance, me disant qu'elle préférait mourir à trente ans plutôt que de vivre au ralenti, en faisant attention au moindre faux pas. Trente ans lui paraissait le bout du monde. Elle en avait vingt et un.

Donc lorsque mon père (notre père ?) l'avait amenée avec lui en France elle n'avait que trois ans. A la mort de notre père elle en avait treize. Moi huit.

Quand tout le monde était couché et qu'un silence oppressant tombait sur la petite ville paralysée par le couvre-feu, Odette et moi, perchés sur nos lits, enfouis dans les couettes, nous interrogions à voix basse, comme si nous craignions de déranger ce silence. Mais sans doute aussi, ce que nous avions à nous dire demandait-il le murmure, le chuchotement. Nous allions lentement l'un vers l'autre, à la découverte l'un de l'autre. Et le reflet que chacun de nous donnait de notre père était différent. Un autre homme apparaissait, plus complexe, plus ambigu que celui dont je me souvenais.

Je n'avais retenu de mon père que le côté rigolard, l'amuseur des noces, le conteur patoisant, le farceur et, en toile de fond, le colonial légendaire. Je voyais mon père à la fois par les yeux de ses chères nièces et par ceux de ma mère : Aristide le Cochinchinois aux belles mains blanches si phénoménales dans une famille de travailleurs manuels. Je le voyais comme me le montraient les photos dans l'album de ma mère : impeccable dans son costume de toile immaculée, les galons dorés de sergent sur les manches, le haut casque colonial blanc sous le bras ou posé sur une console.

Odette, elle, possédait plus de souvenirs vivants de mon père puisqu'elle était plus âgée au moment de sa mort. Mais ils éliminaient le patoisant, l'amuseur de foire. Apparaissait un homme plus grave, plus dur ; le Cochinchinois plus que le Vendéen ; le militaire plus que le retraité que j'avais connu réabsorbé par la civilisation rurale de sa jeunesse. Autrement dit, et c'était bien normal, pour moi mon père ne se détachait pas de notre tribu paysanne, dont il constituait l'un des plus pittoresques ornements, alors que ma sœur l'enlevait de ce contexte pour l'épingler dans un autre cadre qui m'était tout à fait étranger : celui de sa vie avant, là-bas.

Mais lorsque je l'interrogeais sur l'Indochine, sur sa vie avec mon père (ou avant mon père si on l'avait vraiment adoptée), elle détournait la question.

— Tu sais, j'avais moins de quatre ans. On ne se souvient de rien quand on est môme.

Je n'osais dire moi-même que je me souvenais si peu d'Odette du temps où elle devait pourtant vivre avec notre père et ma mère. Et pourtant ce blanc, ce flou, m'intriguaient.

Incidemment Odette me parla de sa vie au pensionnat. Comment on l'y avait surnommée Joséphine Baker et combien elle en avait souffert. Maintenant ce surnom l'amusait et la comparaison avec Joséphine Baker ne lui déplaisait pas. Bien que, disait-elle, je ne vois pas en quoi je ressemble à une négresse.

Pensionnaire, elle ne venait donc à la maison que les dimanches. Ainsi s'expliquaient les images décousues que je gardais d'Odette. Elle apparaissait et disparaissait de mon enfance, au rythme des congés scolaires. Et encore, m'apprenait-elle, lorsque venaient les grandes vacances étions-nous séparés, notre père l'emmenant à la campagne dans les fermes de son frère ou de ses nièces.

Voilà pourquoi nous n'avions que bien peu vécu ensemble. Et même maintenant nous nous sentions trop séparés, accaparée comme elle l'était par le monde ménager des femmes, et moi par le monde de cuir des hommes.

C'est seulement à la veillée, trop courte, que nous pouvions interroger ensemble tante Victorine.

Nous la harcelions de questions car, pour Odette aussi, le personnage de notre père comportait des zones obscures. Tante Victorine répondait en grommelant, nous disant que nous la fatiguions avec nos questions. Ou bien elle ne savait rien, ou bien elle répondait de mauvaise grâce. Un soir, comme excédée, elle nous dit avec une brutalité inhabituelle :

— Vous me bassinez avec vos interrogatoires. Puisque vous êtes toujours en train de rabâcher à propos du défunt Aristide, je vais vous montrer quelque chose dont je n'ai jamais parlé à personne.

Elle nous entraîna dans le grenier contigu aux chambres, fouilla dans un amoncellement de vieux journaux et de chiffons et découvrit une petite malle noire recouverte d'un croisillon de raphia. Je reconnus l'une des cantines militaires rapportées par mon père, identique à celle que nous conservions dans le grenier de notre maisonnette nantaise, ma mère et moi.

Tante Victorine ouvrit la malle et nous montra son contenu : des enveloppes gonflées et ficelées, quelques livres.

— Après tout, ça vous revient, à vous deux. Il y a toutes les lettres que le défunt Aristide adressa à son frère, le défunt Alfred. Et puis celles qu'il m'envoya à moi. Ah ! il m'aimait bien, le défunt Aristide. Et il vous aimait bien tous les deux, chacun à sa manière. Comme ça vous ne serez plus en train de vous seriner des rêvasseries.

Nous prîmes les paquets de lettres, les livres, et nous enfermâmes dans notre chambre.

Il y avait cinq livres : le *Guide des Engagés et Rengagés*, l'*Almanach du Marsouin* de 1921, l'*Annuaire Officiel des Troupes Coloniales pour 1924*, le *Manuel Religieux du Soldat Français* et le *Guide*

Officiel de l'Exposition Coloniale Internationale de 1931.

Odette prit le *Guide de l'Exposition Coloniale*, le feuilleta lentement, sans dire un mot, fit une moue de sa belle bouche rouge, hocha la tête et me le tendit :

– Tiens, il y a de belles images.

Sur la couverture on voyait un nègre aux grosses lèvres, un cipaye, un Arabe à barbe blanche et turban rouge, une Annamite.

En première page, le général Lyautey, commissaire général de l'Exposition, posait, drapé dans une pèlerine de spahi. On voyait aussi les photos de Paul Doumer, président de la République et ancien gouverneur général de l'Indochine, et de Paul Reynaud, ministre des Colonies.

Odette ouvrait les paquets de lettres. Ils étaient classés par année, chaque enveloppe portant une date bien calligraphiée.

Les plus anciennes, remontant à 1909, avaient été postées à Saigon. Mais il s'agissait de simples cartes, d'une banalité décourageante, griffonnées d'une écriture malhabile.

Notre père, qui s'était engagé à Rochefort dans l'infanterie coloniale, en 1907, et qui avait appris à lire et à écrire au régiment, ne savait pas encore que l'écriture peut véhiculer tout un monde. Il se contentait de comptes rendus laconiques : « le moral est bon », « la soupe est bonne », « il fait chaud », etc.

Nous étions plutôt déconfits par ces premiers déchiffrages. Puis, dès 1910, apparut cette écriture appliquée, régulière, aux lettres bien formées ;

écriture à la plume sergent-major, sans fautes d'orthographe ; quelque peu ampoulée et solennelle dont mon père, si j'en crois la correspondance de ses fiançailles, se départissait rarement.

C'est l'ancien ouvrier agricole (on disait valet de ferme) qui se révèle d'abord. Il est encore tout près du travail de la terre, qu'il n'a quitté que depuis trois ans, et ce qu'il remarque ce sont les paysans cochinchinois et leurs méthodes de culture. Bien sûr, les uns et les autres lui paraissent extravagants.

« Mon cher Alfred,

« Figure-toi qu'ici nos légumes et nos fruits sont inconnus. A part la citrouille et le melon. Et encore nos beaux charentais sont remplacés par des melons d'eau qu'ils appellent des pastèques. Tiens-toi bien, il n'y a pas de champs de blé. A la place on cultive du riz dans des marécages, les pieds dans l'eau. Même les Chinois riches, il y en a, ne mangent pas de pain et ne boivent pas de vin. Peux-tu imaginer un pays sans pain et sans vin, eh bien ! c'est celui-ci. Nous, bien sûr, on en a. Les bœufs sont petits et tout bossus. Les vaches n'ont pas de lait. On voit des ânes, des chèvres, des cochons, comme chez nous, mais aussi des éléphants et des tigres. Remarque bien qu'on le dit, mais j'en ai pas encore vu. A la place de nos bonnes petites pommes, on mange de gros pamplemousses qui vous agacent les dents et des ananas trop sucrés. Et la meilleure, c'est que les choux poussent dans les arbres. Oui, dans des palmiers, qu'on appelle des aréquiers, on cueille des espèces de choux. Les copains se moquent de moi en disant : " T'as vu, ventre à choux, faut monter aux arbres dans ce damné pays pour se faire une embeurrée. "

« Je pense bien à vous et au pays.

« Votre affectionné

Aristide. »

Deux choses l'émerveillent : la nourriture abondante dispensée à la caserne et Saigon, première grande ville qu'il découvre. D'une lignée de crève-la-faim, comme d'ailleurs la très grande majorité des autres soldats, il n'en revient pas de tout ce qu'on lui donne à manger. L'armée coloniale avait eu le bon sens de comprendre qu'elle pouvait s'attacher indéfectiblement de pauvres diables qui s'étaient engagés pour quatre ans, comme d'autres se jetaient dans les puits, en les gavant de viande. Cette viande que les paysans ne pouvaient alors s'offrir qu'une fois par semaine, le dimanche, ils en recevaient d'énormes portions deux fois par jour. Il est absolument stupéfait des menus à la caserne. Ceux-ci occupent un grand nombre de ses lettres. Car il croit d'abord qu'on leur a fait un repas de noces pour leur arrivée, ou pour leur première semaine ; mais les vieux soldats le rassurent : c'est toujours comme ça. On est nourris comme des princes :

Soupe à l'oignon
Poisson bouilli
Bœuf rôti
Haricots
Fromage
Banane
1/4 de vin

De vrais repas de noces, en effet. Et non seulement on est nourris comme des princes, mais on est aussi servis comme des princes. Des boys annamites servent les soldats à table, lavent la vaisselle, nettoient les chambrées. Et lorsque l'on part dans la brousse en marches d'exercice, on ne porte pas son sac ; des coolies sont prévus pour cette corvée.

De cul terreux harassé de travail et qui n'avait comme seul lieu de repos qu'un coin de l'écurie, au-dessus des vaches, notre père est donc soudain transformé, par un coup de baguette magique, en seigneur. Nous n'avons pas les réponses de son frère Alfred, mais nous voyons bien à l'insistance que notre père doit y mettre, à ses répétitions de lettre en lettre, qu'à Saint-Martin-des-Fontaines on le prend pour un hâbleur et que l'on ne veut pas être dupe de ses vantardises. On sait ce qu'est la caserne. Tous les paysans qui sont passés par là en ont gardé de cuisants souvenirs, faits d'humiliations et d'ennui. Plus il donne de détails sur la vie de rêve, plus il paraît mentir. Ne parle-t-il pas de blanchisseurs chinois qui lui lavent et lui repassent son linge, de tireurs de pousse-pousse qui le promènent dans les rues de Saigon. Comment un jeune soldat de la coloniale aurait-il pu s'offrir de tels luxes ?

« Mon cher Alfred,

« Notre caserne ne ressemble pas aux casernes de Rochefort, ni à celles que tu as pu connaître quand tu étais au régiment. Nous sommes logés dans trois pavillons à vérandas de trois étages, au milieu d'un parc où poussent des bambous, des pins, des tamariniers et des lauriers-roses. Nous sommes seize par chambre. Le biniou nous réveille à cinq heures. Non, ne crois pas que c'est un vrai biniou. Mais comme il y a beaucoup de Bretons, à la coloniale, ils ont pris l'habitude d'appeler le clairon un biniou. Et tout le monde dit comme eux. Exercices, marches, tirs, revue. Nous sommes de retour à la caserne à huit heures. Il fait déjà très chaud. Corvées jusqu'à neuf heures puis distribution du pain et du vin. Repas à onze. Sieste de midi à deux heures. Gymnastique l'après-midi et liberté à cinq heures.

« Lorsque l'on quitte les casernes de l'infanterie de marine, on débouche tout de suite dans le boulevard Norodom qui est la plus jolie voie de Saïgon. Norodom, c'est le nom de l'ancien roi du Cambodge, mais ce qui amuse tout le monde c'est que la statue qui se trouve sur le boulevard Norodom n'est pas celle du roi mais d'un Français avec un pardessus de fourrure qu'ils appellent Gambetta. Le pardessus de fourrure, avec le temps qu'il fait ici, ça nous fait bien rire. Le palais du gouverneur se trouve boulevard Norodom, derrière ses hautes grilles.

« On va aussi se promener rue Catinat, de la cathédrale au port. C'est une rue très large, aux trottoirs ombragés de platanes ; la rue des beaux magasins et des grands cafés. Les maisons qui bordent la rue Catinat ont des façades blanches, des terrasses et des vérandas fleuries d'amaryllis. Tous les riches marchands chinois habitent rue Catinat.

« Le dimanche, on va écouter la musique du onzième régiment d'infanterie de marine qui joue dans un petit kiosque au milieu du lac du jardin zoologique, parmi les flamants roses et les ibis... »

Plus on avance dans le temps, plus il s'éloigne de sa terre natale, plus ses lettres sont précises et ornées de mots du cru. Ces mots qui désignent des plantes, des animaux, des coutumes, inconnus en Vendée, et qu'il se croyait à juste titre obligé d'expliquer, de donner en quelque sorte avec une traduction, dans ses premières lettres, voilà que peu à peu ils abondent. Des mots vietnamiens apparaissent même. Il voit bien qu'on ne le comprend pas dans son village qui devient de plus en plus lointain, qu'il agace avec ses prétendues merveilles, mais il continue d'écrire parce que, visiblement, il a pris goût à ce moyen d'expression, tout nouveau pour lui, et qu'il a besoin de se raconter à quelqu'un.

« Mon cher Alfred,

« Le pays serait beau s'il n'y avait pas les indigènes qui sont tous laids et repoussants. Tu ne peux pas imaginer comme ils sont sales et comme ils sentent mauvais. En plus, ils sont tout petits, maigres et jaunes. Sans doute, une fois de plus, ne me croiras-tu pas si je te dis qu'il est impossible de distinguer les hommes des femmes. Ils portent les mêmes vêtements, une longue lévite de soie fendue des deux côtés, un pantalon ample et marchent pieds nus. Les hommes, comme les femmes, enroulent leurs longs cheveux noirs en chignon et les retiennent avec des peignes d'écaille.

« Ils ressemblent à des singes habillés. En plus,

ils se coiffent de chapeaux pointus, tout à fait comiques, qui ressemblent à des abat-jour. Hier, comme nous faisions une marche dans la brousse, nous sommes passés près d'un village. Les indigènes repiquaient du riz dans un marécage. Ils se sont mis à piailler en nous voyant, dans leur langage de singes. Un soldat de ma section, qui a toujours le mot pour rire, s'est détaché des rangs et s'est approché d'un groupe de femmes annamites (lui, c'est un vieux de la vieille et il arrive à les reconnaître) qui le regardaient en grimaçant ce qu'elles croyaient sans doute des sourires. Le copain s'est mis à agiter les bras et à se gratter comme font les singes. Il s'est approché tout près d'une Annamite et lui a dit : " Alors, la singesse, on fait ses yeux doux ? Si j'étais un ouistiti, je ne dis pas que je ne me laisserais pas aller... Mais un marsouin, sac à puces, ça ne grimpe pas aux arbres ! " »

Odette jeta la lettre rageusement sur le plancher. Nous étions tous les deux côte à côte, à plat ventre sur le même lit, lisant ensemble les mêmes lettres. Fasciné par l'exotisme de ma lecture, je fus stupéfait par le geste d'Odette.

Elle me regardait d'une curieuse façon. Ses yeux d'Asie semblaient encore plus noirs à travers les minces fentes de ses paupières. Un regard assez inquiétant, un regard qui n'était pas de chez nous.

— Alors, tu trouves que je ressemble à une singesse ?

Je tombais des nues. Enragé lecteur, j'avais complètement oublié que je lisais des lettres de notre père. Tout absorbé par l'exotique histoire qui se dégageait peu à peu de ces missives, il ne m'était pas venu à l'idée que ma sœur puisse en être choquée. Mais en même temps j'en concluais qu'elle n'était bien que ma demi-sœur (si encore elle l'était réellement) puisqu'une moitié d'Odette réagissait en s'identifiant à cette Annamite insultée grossièrement par ce camarade de mon père, trente ans auparavant.

– Moi... je te trouve très jolie.

J'étais sincère. Si sincère que je me mis à rougir en m'apercevant en même temps de notre position ambiguë, sur ce haut lit de couettes molles. Je connaissais si peu Odette – je n'avais en fait jamais vécu avec elle – que notre si soudaine et si totale intimité, pour aussi naturelle qu'elle me parût d'abord, me donnait tout à coup une impression de gêne, même d'impudeur.

– Il est très tard, dit Odette.

Et elle éteignit la lampe à pétrole.

Je remarquai seulement alors qu'elle éteignait toujours la lumière avant que nous soyons déshabillés. Je n'y avais pas prêté attention, mais ce soir-là il me parut qu'elle aussi devait éprouver une certaine gêne ; et que ce geste l'indiquait.

Depuis l'histoire du marsouin et de la singesse, Odette boudait les lettres de notre père. Je n'osais continuer seul ma lecture, sinon celle des livres.

Mais l'*Almanach du Marsouin,* tout comme l'*Annuaire Officiel des Troupes Coloniales pour 1924* (la dernière année de service, pour mon père) n'offraient guère d'attrait. Sinon que l'*Almanach du Marsouin* montrait sur sa couverture le dessin d'un officier, appuyé sur son sabre, casque colonial sur la tête, et celui d'un soldat médaillé, appuyé au canon de son fusil à baïonnette.

Le *Manuel Religieux du Soldat Français pour l'usage uniforme de l'armée,* publié à Paris chez F. Wattelier et Co, Librairie des Agrégations, 5 rue du Cherche-Midi, était un minuscule ouvrage, 7 × 11 cm, illustré de curieuses vignettes : « Notre-Dame des soldats, protégez notre armée », « Saint Louis, patron de la France et de son armée », « Saint Martin, patron de la cavalerie », « Saint Georges, général de cavalerie », etc.

Outre ces soldats vedettes, un insolite calendrier affichait un saint militaire pour chaque jour de l'année, depuis les « trente sold. m. sous Dioclétien, le 1er janvier », jusqu'à Régimbert, « intrépide off. p. abbé VIe siècle, le 31 décembre ». Que les saints guerriers, que les militaires martyrs, totalisent juste le nombre des jours de l'année me stupéfiait. Il est vrai que, de temps en temps, comme au 1er janvier, on en fourrait toute une ribambelle, anonyme. Je me souviens aussi que l'abondance des patronymes germaniques m'avait rendu perplexe : « S. Gerlach, off. ermite XIIe siècle ; S. Frédéric, chev. relig., XIe siècle ; S. Aldrich, chev. aum. milit. év., IXe siècle ; S. Aldalbaud, général de Clovis, VIe siècle ; S. Ansbert, chancelier de Clotaire III ; S. Herménigilde, prince wisigoth, m.

IVe siècle ; S. Gengoul, off. du roi Pépin, VIIIe siècle ; S. Ulrich, off. de l'emp. Bened., XIe siècle ; S. Léonard, soldat de Clovis p. ermite ; S. Radbod, off. de Charles le Chauve ; S. Romaric, O., ab. VIIe siècle »...

Étrange nomenclature barbare, au seuil de ce petit livre de piété qui se définissait comme un contre-poison à ce que tout soldat voyait et entendait « du matin au soir dans vos chambrées et ailleurs ».

A la fin se trouvait cette Prière du soldat que je m'appliquais à apprendre par cœur :

Jeune soldat, parti de ta chaumière
Pour te ranger sous un noble drapeau
Ah! garde-toi d'oublier la prière
Que l'on t'apprit au sortir du berceau...

Elle se terminait sur cette profession de foi qui concordait mal avec la liste des trois cent soixante-cinq soldats énumérés plus haut, la plupart martyrs et sanctifiés pour objection de conscience.

Un bon chrétien fut toujours bon soldat

Mais je trouvais néanmoins ces vers presque aussi beaux que du François Coppée.

Cet opuscule à la couverture déchirée, aux pages écornées, semble avoir été souvent consulté, souvent ouvert, par notre père pourtant peu dévot. Aussi étrange qu'il fût, il présentait néanmoins pour moi beaucoup moins d'attraits que le *Guide Officiel de l'Exposition Coloniale Internationale*. Son slogan : « Le tour du monde en un jour pour trois francs » ne devait pas être un bluff, à en juger par les dessins et les photos. N'avait-on pas reconstruit à Paris, grandeur nature, ce temple d'Angkor Vat reproduit sur la couverture du guide ? Tout près du temple, sur un petit lac, un village de pêcheurs laotiens était bâti sur pilotis et les bateliers circulaient sur l'eau dans leurs sampans. Plus loin, le marché chinois de Cholon était reconstitué. Puis une rue tonkinoise avec ses artisans costumés sculptant des bonshommes d'ivoire dans des défenses d'éléphant.

L'Exposition se tenait en bordure du bois de Vincennes, autour du lac Daumesnil. A gauche de la Porte Dorée, on avait édifié un palais permanent des Colonies. Toutes les taches roses de l'atlas du monde se trouvaient représentées. Le guide soulignait, non sans quelque fierté, une anomalie : la présence d'Haïti dans l'Exposition. Bien que Haïti ne fût plus une colonie française depuis 1804, son gouvernement avait en effet insisté pour « en être », se considérant comme « le porte-drapeau de la culture française au Nouveau Monde ».

André Demaison, dont j'avais lu *Le Livre des bêtes qu'on appelle sauvages,* préfaçait ce prodigieux catalogue :

« La France, écrivait-il, a maintenant cent millions d'habitants, une superficie de onze millions de kilomètres carrés, trente-cinq mille kilomètres de côtes, sept cent mille kilomètres de routes et soixante-dix mille kilomètres de rail. C'est une nouvelle France, solide et nettement délimitée dans sa variété et sa grandeur, que vous avez voulu connaître... Ce tour du monde vous coûterait une fortune et une absence de deux ans. »

Que l'on puisse le faire en un jour et pour trois francs enfonçait Jules Verne.

Autant que les images, les placards publicitaires m'entraînaient dans de merveilleuses rêveries :

Les camions Laffly... les cargos du désert.

Compagnie Nantaise des Bois Déroulés et Contreplaqués Océan.

Alger-Dakar-Alger — 16 000 km en 32 jours avec une 201 Peugeot.

Maurice. Exécute pour les militaires de toutes armes, de tous grades l'uniforme irréprochable. 7, bd Saint-Michel, Paris.

Félix Potin, la plus grande maison d'alimentation du monde, soigne particulièrement ses envois à destination des colonies.

Profitez de votre séjour en France pour faire la cure de Vichy. Nécessaire à tous les coloniaux.

Mais j'en revenais toujours à l'Indochine à laquelle me liaient indissolublement à la fois mon père et Odette. Cette Indochine, présentée comme le plus beau fleuron colonial. Je lisais et relisais le texte de M. Maurice Tranchant, l'un des auteurs du catalogue qui me paraissait un homme extrêmement important puisqu'il y signait aussi une bonne partie des illustrations :

« Enfin, l'Indo-Chine (c'était écrit en deux mots)

se dresse, superbe. Le gigantesque temple d'Angkor Vat, au bout de sa chaussée dallée, suffit à lui seul à l'évoquer tout entière. Reconstituée dans ses moindres détails, cette merveille de l'art khmer, avec ses cinq coupoles, son escalier vertigineux, ses vingt-trois salles, forme un tableau de l'activité et des merveilles infinies de l'Extrême-Orient. Les rizières, les mines à ciel ouvert, l'industrie de la soie, tout y est. Le soir, les danseuses cambodgiennes dansent autour des pagodes. Ruisselantes de pierreries, la tête surmontée d'une tiare, elles ondulent de leurs bras dessinant dans l'air des courbes harmonieuses. Le tumulte de la fête, traversant les bains sacrés, parvient jusqu'au village tonkinois, endormi près de son dinh et de son marché. Sous le feu des projecteurs, le temple embrasé semble taillé dans un bloc d'or resplendissant. »

Ah ! si mon père avait pu écrire comme ça ! Quel régal ! Avait-il vu le temple d'Angkor dévoré par les figuiers géants ? Avait-il senti, dans les ruines, l'odeur enivrante des jasmins, des gardénias, des tubéreuses ? S'était-il reposé sur les dalles du temple, sous les guirlandes de lianes fleuries, avec à ses pieds les bassins de lotus et de roseaux ?

Mon imagination vagabonde fut ramenée brutalement à mes problèmes présents par cette légende, sous une photo d'un groupe d'Annamites :

« On n'a choisi pour les photographier ni les plus sales ni les plus propres. »

Je refermai très vite le *Guide Officiel de l'Exposition Coloniale Internationale* et le jetai sous un lit craignant qu'Odette ait un jour la fantaisie de le parcourir.

J'interrogeai Odette sur sa vie dans les sanas, sur son travail d'infirmière.

– On dit que je suis infirmière... Je le dis... C'est plus simple... Mais pour être infirmière il faut avoir fait des études. J'essaie. J'y arriverai. Mais c'est long. Et lorsqu'on n'a pas eu d'instruction, c'est difficile de rattraper des filles qui sont bachelières. Il n'y a d'ailleurs pas tellement de vraies infirmières, dans les hôpitaux. Nous, on est les filles de salle, comme ils disent. On vide les pots de chambre ; on lève les malades ; on fait les lits ; on distribue les thermomètres ; on apporte les cuvettes pour ceux qui vomissent ; on ramasse les crachoirs pleins de glaire et de sang ; on change de chemise ceux qui se sont salis de vomissures ou de caca ; on nettoie, on décrotte, on astique les malades pour qu'ils soient bien présentables lorsque passent les médecins.

» Mais ça ne me déplaît pas. Le sana, c'est chez moi. C'est seulement lorsque je suis entrée au sana que j'ai commencé à respirer. Ça paraît absurde, hein ! parce que pour ce qui était de respirer avec mes poumons, j'étouffais plutôt. Mais tout en étouffant, tout en toussant, j'avais pour la première fois l'impression de respirer. Tout en étant enfermée dans une sorte de caserne, comme papa l'a été presque toute sa vie, eh bien, j'avais l'impression d'être libre. Mais lui, ne crois-tu pas qu'il n'a été libre que soldat, pendant qu'il devait obéir à un règlement strict ? Et non pas après sa retraite, où il était devenu soi-disant libre, mais avec un drôle de fil à la patte.

Elle s'arrêta brusquement :

– Tu vois ce que je veux dire ?

Sans doute voulait-elle parler de ma mère. Choqué, je détournai la conversation :

– Avant d'être malade, qu'est-ce que tu faisais ?

– Comment ? Tu ne te souviens pas ? J'étais vendeuse aux Galeries.

– Après la mort de papa ?

– A la mort de papa tu sais que la tante Victorine m'a adoptée. J'avais treize ans. Elle m'a aussitôt placée comme petite bonne à tout faire chez des bourgeois de Fontenay, en me disant que c'était pour mon bien, qu'il fallait que j'apprenne à être ménagère.

» En fait d'apprendre à être ménagère, mes bourgeois ne m'apprenaient que deux choses : ouvrir la porte et servir à table. Pour ces deux fonctions je faisais office de curiosité. Ils m'avaient obligée à me tresser une natte et ils m'habillaient en Tonkinoise. Avoir une bonne indigène, c'était le grand chic. A Fontenay, les étrangers, ça ne courait pas les rues. Il y avait bien un Sénégalais, à la Coopé, qu'on appelait Banania et qui avait failli être renvoyé sur dénonciation des chômeurs, parce qu'il mangeait le pain des Français. Mais on s'aperçut que c'était un ancien tirailleur, médaillé de l'armée française et pensionné. On l'a gardé. C'était le seul

Fontenaisien noir. Et moi j'étais la seule Fontenaisienne jaune. Jaune ? Est-ce que je suis jaune ? En quoi est-ce que je suis plus jaune que toi ? Il y a des tas de Français qui sont jaunes avec leur foie malade. Moi j'ai un bon foie. Mais le Sénégalais et moi on représentait les colonies françaises au complet. L'Afrique et l'Asie. Un cordonnier belge et cousin Gaston le Berrichon complétaient le quarteron de métèques. Il m'a toujours bien aimée, cousin Gaston. On ne s'est jamais dit grand-chose, mais on se comprenait. On était tous les deux les canards dans la couvée de poulets. Qu'est-ce qu'il a pu en déguster de vacheries, et ça continue. Il n'a pas eu la chance d'être tuberculeux, lui. Le cordonnier belge était tout blond. Les cheveux, les sourcils, la peau, plutôt blancs que blonds. Une sorte de Sénégalais en négatif.

» Joséphine Baker ! Ils voulaient même que je chante : *J'ai deux amou... Mon pays et Paï...* Oui, mes bourgeois de Fontenay. Leur petite Tonkiki, leur petite Tonkinoise, c'était ma pomme. Leur petite singesse...

Je l'interrompis :

– Ce n'est pas papa qui disait ça. Il rapportait seulement la plaisanterie d'un copain.

(J'avais beaucoup réfléchi sur ce passage de la lettre qui avait blessé Odette et sur la manière dont je pourrais excuser notre père.)

– Oh ! tu sais, dit Odette en riant, au début il a trouvé que les singesses sentaient mauvais, mais après il a appris à monter aux arbres pour aller les cueillir. Et puis quoi, les Jaunes trouvent aussi que les Blancs puent. Ils disent qu'un Blanc, ça sent le cadavre. C'est pourquoi moi, pour chasser à la fois mes odeurs de Jaune et de Blanche, je m'inonde de Soir de Paris.

Paris... C'est une blonde...

» Tu te souviens, papa chantait une chanson qui commençait comme ça.

Oui, je me souvenais. Vaguement. Mais je réentendais l'air. Il chantait surtout le matin, en se lavant à grande eau dans la cour, torse nu, utilisant pour ce faire le chaudron de grand-mère. Les ablutions de mon père amusaient tout le quartier, en un temps où personne, sauf sans doute quelques rares bourgeois, n'avait de baignoire ; où tout le monde ne se lavait que le nez et les oreilles ; juste ce qu'il fallait d'eau froide pour se réveiller. Les toilettes matinales, éclaboussantes et chantantes de mon père, habitude ramenée des colonies, ne contribuaient pas peu à faire de lui un original.

– Et celle-ci, dis-je, tu te souviens :

C'était une petite blonde
Avec des yeux de velours
Et tous les soleils du monde
N'égalaient pas ses atours...

– Ah ! mais oui ! Ah ! mais oui ! Pauvre papa, il en avait sa claque des congaïs au poil noir.

Je voyais qu'Odette avait fini par prendre la chose du bon côté. Nous allions pouvoir entamer un nouveau paquet de lettres.

Les lettres s'échelonnaient régulièrement tous les quarante-cinq jours. Comme il avait droit à la franchise de deux lettres par mois, on pouvait supposer qu'une troisième rejoignait l'oncle Ernest, le maréchal-ferrant, son second frère.

Nous reprîmes notre position nocturne à plat-ventre sur les couettes de l'un ou l'autre des deux hauts lits de bois. La prochaine lettre ouverte nous montrait un colonial qui avait perdu de sa superbe par sa première maladie tropicale.

« Ma chère Victorine,

« J'ai le paludisme. Tu sais ce que c'est puisqu'on attrape aussi la palu dans notre marais lorsqu'on va mettre les bêtes à l'herbage. Mais en Vendée c'est une petite palu. Ici, c'est terrible. On sue tellement qu'on a l'impression d'être vidé comme un cochon saigné. On a la fièvre et on est glacé. On a l'impression de coucher dans un lit de glace. On nous donne pourtant des doses préventives de quinine. Mais le climat, les plantes, les gens, tout ici semble empoisonné. Si on n'avait pas notre bonne absinthe, on n'arriverait jamais à tenir le coup. Il fait si lourd, si humide, que l'on attend toujours l'orage qui ne vient jamais. Le temps d'orage est permanent. On reste souvent réveillé la nuit longtemps, espérant un peu de fraîcheur. Je rêve à notre pluie fine et fraîche. Il pleut encore plus que dans notre bocage, ici, mais c'est une pluie lourde, chaude, torrentielle, qui inonde les rues et charrie des monticules de pourriture. On pense qu'il fait toujours beau, aux colonies, que l'on se dore au soleil. Le soleil, on ne le voit même pas, toujours caché derrière des nuages. Le ciel est visqueux et blanchâtre, comme de la laitance d'huître. On est si vite en sueur qu'il faut changer de veste et de pantalon trois fois par jour. Les colons appellent le cimetière " notre jardin d'acclimatation ". Ils disent qu'on ne s'acclimate que là... »

Comme Alfred a dû lui poser des questions sur ce damné climat, il y revient dans la lettre suivante et ajoute à la malédiction de la chaleur la tyrannie des insectes. Il est allé pour la première fois en exercice dans la brousse, à une centaine de kilomètres de Saigon, avec un fort contingent indigène de cavaliers pieds nus, pouce dans l'étrier, vêtus de kaki, de tirailleurs aux habits rouges et de miliciens en bleu. Le costume de campagne des Français est aussi de toile bleue. Même le casque blanc est recouvert d'un manchon azuré. C'est dans un village de paille, de roseaux et de bambous où la troupe était cantonnée que se produisit dans la nuit l'invasion des insectes. D'abord le vrombissement obsédant des moustiques, qui tient éveillé ; puis des petites mouches courant sur la peau. Et peu à peu un déferlement de bestioles qui recouvrent les mains et le visage, entrent dans les vêtements, inondent les lits de camp, pénètrent dans les oreilles, le nez, la bouche. On en avale. On se gratte la tête et on s'aperçoit que des criquets sont accrochés dans vos cheveux, pourtant extrêmement courts. La terreur d'être dévorés vivants par ces bestioles pousse soudain dehors, dans une panique à laquelle assistent impassibles les soldats indigènes, tous ces soldats blancs qui d'ordinaire jouent aux seigneurs. Et les voilà qui gigotent, qui se déhanchent, qui sautent comme des diables blancs dans la nuit, dans leurs caleçons de flanelle. Ils courent dans tous les sens, frappent l'air de leurs bras. Certains même roulent à terre. Réveillés par ce tapage, les chiens hurlent dans le village. Les sous-offs aboient aussi, courant après leurs hommes, et se débattant eux-mêmes malgré tout contre les bestioles ; s'efforçant de faire rentrer dans les paillotes les soldats indigènes qui se sont assis sur le sol pour regarder danser les Blancs, comme au spectacle. « Les salauds, se disent les marsouins, ils nous narguent. Pas étonnant qu'ils ne soient pas piqués, eux, avec leur odeur de bouc... Ils pourraient nous aider, mais non, ils regardent, comme des imbéciles... Ça n'a même pas l'air de les amuser. Ils regardent. Ils sont assis par terre, comme des singes, et de temps en temps on entend leur jacassement de ouistitis. » Nuit de cauchemar, passée à guetter, à écraser, dans une bouillie d'insectes qui vous colle au visage et aux mains. Le lendemain, à voir le calme du village enfoui dans un bois de cocotiers et de bananiers, on pourrait croire avoir été le jouet de la fièvre. Les paillotes, recouvertes de feuilles de palmier, n'ont pas de fenêtre. Seulement deux portes, l'une devant, l'autre derrière, assurant l'aération, la ventilation. Des filets de pêche sont suspendus à des fourches de palétuvier. Des petits cochons gris fouillent la vase de leur groin. Personne dans les paillotes. Les soldats y passent l'inspection. Le mobilier et les ustensiles y sont si succincts que la visite est vite faite : sur une large planche, élevée à quelques centimètres du sol, une natte, des escabeaux, une table, un fourneau en terre, un coffre en bois. Où sont donc passés les indigènes ? Tout est propre dans les cases, tout est en ordre. Aucune trace de fuite précipitée. Mieux, la haute palissade de bambous effilés comme des baïonnettes qui entoure le village pour le protéger des tigres est entièrement close. On est partis et l'on a poliment refermé la porte derrière soi. Le capitaine qui commande la compagnie est furieux. Il parle de brûler le village. Au moins ça enfumerait ces nom de Dieu d'insectes. Un marsouin a attrapé un poulet étique qui pousse des cris d'égorgé. Mais un sergent lui ordonne de le remettre en liberté : « Souviens-toi, tête de mule, qu'un poulet annamite ne peut être mangé que par des chiens chinois. »

Notre père raconte aussi ses virées à Cholèn. Il écrit Cholèn, comme ça se prononce, alors que la géographie française orthographie Cholon. Cholèn (ou Cholon) est reliée par un tramway à Saïgon (qu'il n'écrit pas Sègon, comme ça se prononce sans doute parce que son orthographe est plus courante). Aller à Cholon, c'est voyager en Chine. La ville est entièrement chinoise, avec ses maisons de bois d'un seul étage devant la façade desquelles se balancent de grosses lanternes à glands rouges décorées de dragons. Autant les maisons des Annamites sont pauvres, autant les maisons des marchands chinois reflètent le luxe. Les marsouins qui déambulent dans les rues de Cholon, de leur pas colonial, lent et lourd, un pas d'anémique, perdent l'assurante supériorité qu'ils affichent devant les Annamites de Saigon. Le mépris narquois des Chinois, leur obséquiosité exagérée, leur richesse surtout, les snobent. Ils ne sont plus dans Cholon des conquérants, mais des visiteurs furtifs. Ils regardent, par les fenêtres ouvertes, l'intérieur des maisons avec leurs lampes à perles, leurs paravents, leurs objets de jade, leurs brûle-parfum en bronze dans lesquels se consument lentement des bâtonnets de santal, les vases de porcelaine énormes, les crachoirs, les écrans d'anniversaire. Ils n'ont jamais vu tel déploiement de luxe. Les rues sentent l'encens et l'opium. D'une pagode hérissée de dragons retentissent des coups de gong. Au loin, des tam-tams imposent leur musique répétitive, monotone et obsédante.

Les marsouins s'attardent devant la boutique du fabricant de cercueils, sans réussir à trouver le mot pour rire. Ils longent le parc à caïmans. Les caïmans y sont élevés dans une intention culinaire, les Chinois raffolant de leur queue grillée à la broche. Ils regardent dans les arroyos la procession de jonques qui amènent à Cholon toutes les richesses de la Cochinchine. Cholon est un ogre qui dévore la Cochinchine et l'Annam. Ses usuriers prêtent des piastres aux paysans, ses marchands lui achètent son riz, ses industriels vont chercher dans la brousse le fils du paysan pour le faire trimer dans ses douze usines à décortiquer le paddy.

Les Chinois avec leurs tresses, leurs calottes

noires, leurs robes bleu azur, leurs pantalons lilas serrés au bas de la jambe, leurs fins bas de soie et leurs babouches brodées, intimident les marsouins qui se sentent bouseux, péquenots, et pas du tout fiers de l'être. Les Annamites leur paraissent des singes maltraitables et corvéables à merci, mais les Chinois sont d'une autre espèce, inquiétante, maîtres dans l'art de vous fiche mal à l'aise. La manière dont ils vous saluent dans la rue en se cassant en deux et en vous appelant « noble étranger », est-ce que ce n'est pas une façon de se foutre de votre gueule ? Les marsouins en ont bien le sentiment. Ils ne sont pas dupes. Mais quoi faire, sinon porter la main à son casque pour le salut militaire ? Les officiers ont bien dit : « Surtout pas d'histoires avec les Chinois. Soyez polis avec eux et ne vous mêlez pas de leurs affaires. Pas touche aux Chinois, compris ! »

Ce que ne savait pas notre père, mais ce que les officiers savaient, du moins les hauts gradés, c'est que, pour dix mille soldats et colons français occupant l'Indochine, il y avait alors deux cent mille Chinois ; que les Chinois étaient en fait les vrais maîtres de l'Indochine. Nous avions envoyé des soldats, eux des marchands. Ils nous laissaient la tâche antipathique de l'administration de la colonie, se réservant celle de l'exploitation en douceur. A nous la trique, à eux le tiroir-caisse. Ils avaient obtenu non seulement le monopole des rizeries, mais aussi celui de la batellerie à vapeur. Leurs chaloupes assuraient aussi bien les transports sur le fleuve Jaune que sur le Mékong. Des chaloupes malpropres, aux tôles rouillées prêtes à s'éventrer, hâtivement peintes de couleurs criardes qui donnaient le change et toujours bondées de passagers et de marchandises. Marchands de tout et de n'importe quoi, gros et petits négociants, usuriers, tenanciers de bordels et de fumeries, travailleurs inlassables, ingénieux, envahissants, prolifiques, inassimilables, ils constituaient dans la colonie une force sur laquelle s'appuyaient les prétendus colonisateurs blancs qui n'auraient rien pu coloniser sans leur accord. L'état-major ne se faisait aucune illusion. Si les Chinois de Chine attaquaient l'Indochine, celle-ci serait impossible à défendre. D'où le grand ménagement pris envers les Chinois d'Indochine, vingt fois plus nombreux à occuper déjà le pays que les Français.

De leur côté les Annamites disaient ne redouter et ne respecter que l'Oncle Chinois et le Seigneur Tigre. Comme le tigre, le Chinois était un ogre, mais un ogre aimable, qui ne rugissait jamais, qui ne sortait jamais ses griffes, mais qui se faufilait frileusement, les deux mains dans les larges manches de sa robe de soie, les yeux si bridés qu'ils paraissaient clos ; imperturbable, poli, doucereux, mais qui menait ses affaires avec des mains aux ongles si longs et si pointus que l'on aurait pu les confondre avec des pattes de tigre.

A la fin du mois de janvier 1911, une lettre de notre père à son frère parle de la fête du Têt à Cholon :

« Le sapin de Noël est ici une tige de bambou au sommet de laquelle, dans une cage de jonc tressé, on enferme des jouets, des fruits, des gâteaux. Mais ces offrandes ne sont pas pour le Petit Jésus. C'est pour le diable qui pourra ainsi festoyer sans déranger les mortels. Les Chinois sont obsédés par le diable, ce qui est bien normal puisqu'ils ne sont pas baptisés. Pendant une semaine ils font éclater des pétards pour chasser les mauvais esprits. A tous les coins de rue, ils dressent des petits autels à Bouddha, avec des jouets, des fruits, des fleurs. Puis ils les font brûler. Ils appellent ça la fête du Thêt. C'est leur jour de l'An. A Saïgon, il y a un restaurant qui n'est pas pour nous en raison du prix du menu ; un restaurant français qui a pour enseigne : " Au goujon qui Thêt. " Ça nous fait bien rire lorsqu'on passe devant. »

Odette et moi attendions le dimanche avec gourmandise. Non pas pour le déjeuner, solennel, compassé, où oncle Hubert et le Berrichon enfilaient des chemises propres et ajustaient des cravates qui leur plissaient le cou ; où la tante Victorine paradait en passant les plats, commentant sans contradicteur les événements de la semaine ; comparant Pétain à Clemenceau avec la réserve néanmoins capitale que Pétain, hélas ! n'était pas vendéen –, mais pour nos échappées du dimanche après-midi.

Nous les passions la plupart du temps sur la place Viète, un peu en retrait des joueurs de palet, près du grand bassin toujours à sec. Le kiosque à musique où, avant « les événements », cousin Gaston jouait de la flûte, gardait ses grilles fermées que des enfants tentaient d'escalader en se chamaillant. Je pense que beaucoup auront conservé de cet été 1940 un souvenir de temps lourd, aux nuages noirs, un souvenir d'éclairs et de tonnerre. Peut-être en réalité cet été fut-il pluvieux ou doux ? Je ne sais. J'avais pensé rechercher la vérité historique dans les archives météorologiques. Mais *ma* vérité, c'est seulement ma mémoire et ma mémoire a conservé le souvenir d'un été splendide, d'un des plus beaux étés qu'il m'ait été donné de vivre, un été bref, lumineux et velouté comme un premier amour.

Le soleil filtrait peu à peu à travers les hauts marronniers de la place Viète et une douce fraîcheur nous mettait dans un état d'euphorie. Nous n'en finissions pas de bavarder en nous complaisant dans cette lente découverte que nous faisions de notre père à travers la lecture de ses lettres et, plus confusément, de la propre découverte du plaisir que nous avions à être ensemble.

Odette s'inquiétait de mon avenir. J'aurais aussi dû m'inquiéter du sien. Mais il est vrai que je distinguais mal la différence entre infirmière et fille de salle et que pour moi, bien qu'elle me l'eût expliqué, elle demeurait infirmière, c'est-à-dire personnage auréolé d'un halo scientifique mystérieux, dans sa blouse blanche et son voile ; un peu proche d'une religieuse en raison du costume et de la vie en collectivité dans ces hôpitaux qui la retenaient semi-recluse.

J'étais alors manutentionnaire dans un entrepôt à Nantes, déchargeant des sacs de grain au cul des camions et les amenant pour la pesée aux bascules.

— Tu ne vas pas continuer à faire ça toute ta vie, me disait Odette.

Et elle cherchait par quel subterfuge je pourrais m'introduire dans le secteur des travaux peu fatigants et bien payés.

— Tu devrais étudier la chimie. Je vois à l'hôpital des hommes qui travaillent dans les laboratoires. Tu passerais un concours. Peut-être qu'on n'a pas besoin du bachot, si tu es assez fort.

La chimie ? Je répondais oui, pourquoi pas ? Je me voyais déjà maniant des éprouvettes et des cornues. J'avais rejoint Odette dans son hôpital.

— Quand tu étais petit, papa disait toujours que tu irais à Saint-Maixent ; que tu serais officier... Sauf dans les mauvais moments, où tu étais vraiment trop insupportable et où il menaçait de t'envoyer aux enfants de troupe.

Cette perspective d'être enfant de troupe, loin de me terroriser, me plaisait plutôt. Je me voyais bien dans ce costume de serge bleue, le béret de chasseur alpin sur la tête et une large cape sur les épaules. Le fils d'un des copains de mon père était enfant de troupe. Lorsqu'il venait en congé chez ses parents, dans notre petite ville, il nous en mettait plein la vue à nous, les élèves terrorisés de l'école des frères. Nous ne savions pas que la discipline était encore plus dure dans son école que dans la nôtre. Il crânait. Il paradait. En réalité nous enviions son uniforme.

Après la mort de mon père et l'abandon de ma scolarité après le certificat d'études primaires, la perspective de Saint-Maixent s'envola. En 1939, j'allai me présenter à la caserne de la rue Desaix, à

Nantes, offrant de m'engager. *De Bara, de Viala, le sort nous fait envie.* J'avais leur âge : quinze ans. Il ne semble pas que l'âge fût légal, pourtant les officiers tergiversèrent, me firent revenir plusieurs fois, pas du tout moqueurs, plutôt ennuyés par l'obstination de cet adolescent, fils de sous-officier et de surcroît pupille de la nation, ne trouvant finalement d'autre solution que de me dire d'attendre encore trois ans.

Il y avait un an de cela.

Je dis à Odette :

– Dans deux ans, je m'engagerai.

Que l'armée française fût effondrée, disloquée, et qu'à l'heure où nous parlions de notre avenir sur la place Viète, d'interminables colonnes de prisonniers marchassent vers l'est, que les tanks allemands ne cessassent de descendre vers le sud en traversant Fontenay de part en part, ébranlant les maisons de la rue de la République dans un roulement de tonnerre, tout cela ne me semblait pas contrarier cette perspective. Dix-huit ans, c'est loin, lorsque l'on en a seize. Mon père mort, je n'avais cessé de poursuivre son rêve exotique. Moi aussi, je serais dans la coloniale. Ce rêve exotique que je trouvais soudain tangible dans la correspondance de mon père et dans les yeux d'Asie d'Odette.

Nous étions assis dans l'herbe, sous les grands marronniers. Odette portait une robe blanche qui donnait encore plus d'éclat à ses cheveux et à ses yeux noirs. Ses lèvres trop rouges accentuaient la pâleur de son teint. Elle n'était pas jaune, en effet (mais existe-t-il une race jaune ?). Seulement elle avait un teint mat, inhabituel chez les gens d'Ouest, rosis ou rougis par le vent de la mer. Ce qui lui donnait mauvaise mine, par comparaison. Des yeux un peu cernés aussi, qui avouaient une certaine fragilité. Il m'arrivait d'avoir des bouffées de tendresse irraisonnées pour Odette et je laissais reposer ma tête sur ses genoux. Elle ne me repoussait pas, me caressant les cheveux comme une mère fait à son petit enfant. Et nous parlions. Nous parlions de quoi ? Comment se souvenir ? Seuls les moments difficiles, les dialogues dramatiques, laissent des traces ineffaçables dans la mémoire. Nous nous encombrons d'une multitude de scènes désagréables, de mots durs, blessants, et les moments de douceur, d'abandon, de rêverie, les dialogues sans dialogue, où l'on se laisse porter par le plaisir d'être, où les mots sont musique, calme euphorie, ces moments se perdent dans le flou. On dirait que, pour la mémoire, seul le malheur a de l'importance.

Au terme de ses quatre premières années de service, mon père s'était rengagé et avait été envoyé au Tonkin. Ses lettres parlaient de son voyage de Saigon à Hanoi. Trois jours de paquebot.

Adieu Saigon et ses senteurs de musc et d'opium, ses verdures malsaines, ses plaines herbagères parsemées de tombeaux. Notre père, encore trop proche de sa Vendée, trop proche de sa paysannerie, ne semble pas en avoir goûté le charme étrange, languide, morbide, pervers. La seule perversité qu'il en connut se limita sans doute à ce que les coloniaux appelaient *le Bambou,* ce quartier des bordels annamites et japonais près des Messageries maritimes, avec ses rues fangeuses, défoncées, bordées de paillotes délabrées et nauséabondes. Suffisant pour prendre conscience que le diable vous mettait facilement le grappin dessus, dans ce damné pays où partout grimaçaient des dragons, des chimères, des démons tireurs de langue. Rien de rassurant. Les coolies à demi nus qui se faufilent avec leurs fardeaux au pas de course en bousculant les soldats de chez nous, lourds et pâles sous leurs casques blancs, ne sont-ils pas eux aussi des diables ? Comme tous ces singes cireurs de souliers, plumeurs de poules, avec leur langue si criarde que l'on dirait qu'ils éructent.

Le paquebot chemine lentement sur la rivière Saigon. Il passe tout près du vieux cuirassé *Redoutable,* si peu redoutable sous la paillote où il rouille lamentablement. Le climat l'a bien eu, lui aussi. Il pourrit dans l'eau, comme tout pourrit ici, les choses et les hommes. L'arsenal, quasi abandonné, semble baigner dans le sang d'on ne sait quelle guerre, avec son sol rouge à l'ombre des arbres d'un vert agressif. Verdures malsaines, parfums et pourriture mêlés. Les soldats crachent dans l'eau, par-dessus le bastingage. La côte, basse, est parsemée de palétuviers. Autour, toujours ces marécages à moustiques et à paludisme. Puis apparaît la forêt avec sa verdure superposée en trois étages : d'abord les roseaux et les bambous, puis la végétation d'un vert profond parsemé de taches de fleurs rouges et or et, au-dessus, les grands panaches flottants des aréquiers.

Longtemps, grâce aux méandres du fleuve, les soldats voient apparaître, disparaître et réapparaître les deux flèches de la cathédrale de Saigon. Lorsqu'ils l'ont perdue de vue, un petit pincement au cœur leur indique que maintenant ce qui les reliait encore d'une manière tangible à la métropole, cette ville de Saigon quand même très européanisée, n'est plus qu'un souvenir.

Apparaît en mer l'archipel de Poulo Condor, dont on ne prononce pas le nom sans répugnance. L'une de ces îles est un pénitencier où les indigènes déportés sont condamnés à une mort lente mais irrémédiable, un lent pourrissement dans les fièvres et la dysenterie.

Le paquebot ressemble à une chaudière. Une chaleur mouillée, oppressante, fait rechercher une ombre illusoire. Les soldats sont entassés sous les canots de sauvetage, essayant de fuir le soleil. Il paraît qu'au Tonkin il y a des saisons. Voilà trois ans qu'ils suent et grelottent de fièvre. Le froid, le frais, ils en rêvent. Et d'une petite pluie fine sur le visage, comme une caresse de femme.

La lettre officielle de bonne arrivée est, bien sûr, pour la tante Victorine.

« Ma chère Victorine,

« La traversée Saïgon-Hanoï s'est bien passée.

Hanoï est une grande ville, mais moins aimable que Saïgon. Les rues paraissent désertes. Pour te donner une idée de cette désolation, on avait construit un théâtre tout au bout de la rue principale ; on est en train de le détruire parce que l'on s'est aperçu qu'il n'y aurait jamais assez de public pour les représentations. La seule belle chose, c'est le pont Doumer qui traverse le fleuve Rouge sur plusieurs kilomètres, avec ses arceaux de fer. Autour de la ville, toujours ces rizières recouvertes d'eau qui donnent une impression de perpétuelle inondation. Les charrues sont traînées par des buffles, qui sont des gros bœufs avec des cornes gigantesques. Ce sont toujours les femmes qui repiquent le riz dans la boue. Les Annamites sont malins. Ils disent que le riz planté par les hommes pousse mal. Peut-être bien que si, chez nous, le blé était semé par les femmes, il grandirait plus vite. Il va falloir que je parle de ça à Alfred.

« Maintenant que je me suis rengagé, la vie va être plus agréable. On est dispensé de la garde du dimanche et on a quartier libre jusqu'à dix heures du soir. En plus, on peut avoir une petite caisse à bagages pour y mettre ses effets et ses objets. Un rengagé, c'est pas encore un caporal, mais ça y conduit. Comme tu vois, le moral est bon.

« Ton affectionné

Aristide »

Ce que ne disait pas notre père, à propos de son rengagement, je le trouvai dans son *Guide des Engagés et Rengagés dans les Troupes Coloniales*. Pour être admis à se rengager dans les troupes coloniales, il fallait « présenter une denture suffisante » et mesurer au minimum un mètre cinquante-quatre. Le livret militaire de mon père m'apprend qu'il mesurait un mètre cinquante-huit. Une taille normale alors pour un paysan de l'Ouest puisque finalement, faute de géants (mais l'armée coloniale n'était-elle pas, par essence, une armée de géants qui mettait à ses pieds l'univers ?) on acceptait dans l'infanterie coloniale des hommes de moins d'un mètre cinquante-quatre. « Les hommes de moins d'un mètre cinquante-quatre, dit le *Guide des Engagés et Rengagés,* doivent racheter ce défaut de taille par une constitution extrêmement vigoureuse et une aptitude spéciale à la marche. » Quant à l'artillerie coloniale, si elle prétendait à des hommes d'un mètre soixante-six, elle s'empressait d'admettre des diminutions de taille pour les maréchaux-ferrants, les selliers, les bourreliers, les bottiers, les ouvriers du fer et du bois.

Tous ces petits hommes trapus, lourds, pataugeant dans la boue avec leurs godillots, boudinés dans leurs uniformes, la tête maintenue bien droite par les « cols officier » amidonnés, marchaient sans se plaindre sous un soleil d'enfer. Suants, bedonnants, mais infatigables. Depuis les débuts de la conquête, ce que l'on appelait la « division bleue », c'est-à-dire l'infanterie de marine, tenait la Chine en respect. Elle seule, au Tonkin, avait résisté à la poussée des Pavillons noirs. En 1911 encore, les renforts n'étaient envoyés que chichement par la métropole qui n'avait d'yeux que pour le Maroc. Seulement six bataillons d'infanterie de marine, trois bataillons de la légion étrangère, et douze bataillons d'auxiliaires annamites conjuguaient la double tâche d'occuper le pays et de veiller à intercepter les bandes chinoises contrebandières d'opium et trafiquantes d'armes.

La phase conquérante du Tonkin avait duré de 1872 à 1895. Mais lorsque notre père arrivait au Tonkin ce n'était pas encore la paix. En 1908, celui que l'on appelait un chef pirate, le De Tham, et qui n'avait cessé avec ses bandes armées de défier les troupes françaises depuis 1888, avait bien failli reconquérir Hanoi, son complot pour empoisonner la garnison de la ville et s'emparer des magasins d'armes n'ayant échoué que de peu.

Notre père n'aura pas le temps de s'ennuyer à Hanoi. Très vite, il est envoyé dans le haut Tonkin.

« Mon cher Alfred,

« Nous sommes partis en baleinière, dans la nuit. Lorsque le jour est revenu, il nous a trouvés étendus sur le pont, nous battant avec les moustiques qui, comme d'habitude, réussissent à nous piquer à travers le gros drap de nos vareuses. La terre s'est rapprochée. Avec ses dunes basses, ses arbres comme les nôtres, on aurait très bien pu se figurer arriver dans un petit port de France. Mais dès que l'on a débarqué et que l'on s'est approchés d'une maison qui, au loin, nous semblait familière, elle s'est faite bizarre, grimaçante, avec un toit tout cornu, tout griffu et plein de diableries. Et autour de cette pagode, c'est ainsi qu'ils appellent leurs églises qui n'ont pas de clocher, les aloès avec leurs piquants avaient aussi l'air de monstres. On est entrés dans la pagode et je te dis que ce n'est pas le père Grignion de Montfort qu'on y voit, ni la Vierge de Lourdes, mais d'horribles bonshommes qui tirent la langue qu'on croirait Gargantua en personne. Des bêtes de cauchemar, comme on nous dit qu'il y a en enfer, avec partout des griffes, des crocs. A croire qu'ils ont imaginé tout ça pour nous faire peur.

« Le lieutenant nous a fait avancer à l'intérieur du pays. Nous avons fini par trouver un fort abandonné, envahi par les cactus et les ananas sauvages. Tout en haut d'un mirador dressé sur des perches de bois, une sentinelle annamite nous a aperçus et s'est mise à taper comme un fou sur un tam-tam de cuivre. Avec sa robe et son chignon, on se demandait si c'était un soldat ou une bonne femme.

« Ainsi annoncés en musique, si on peut parler de musique pour ces bruits de casserole, les indigènes ont fini par sortir de leurs trous, à la queue-leu-leu, poussant devant eux leurs vieillards ratatinés comme des momies. L'un d'eux, qui devait être leur chef et qui ne s'était pas coupé les ongles depuis au moins dix ans, s'est agenouillé devant notre lieutenant en joignant ses mains à la hauteur de son front et en inclinant la tête jusqu'au sol. Puis il a posé aux pieds du lieutenant un cadeau dans un sac de soie. Lorsque le lieutenant a regardé dans le sac, quand les indigènes sont repartis, il s'est mis à jurer, à gueuler. Si bien qu'on est tous accourus regarder. Je te donne en mille ce qu'il y avait dans le sac : un chat sauvage vivant, capturé sans doute dans la nuit, et dont ils avaient cousu les deux mâchoires pour l'empêcher de mordre. C'est te dire la

cruauté de ces gens-là et qu'il ne faut pas s'y fier.
« Je pense bien à vous et au pays.
« Votre affectionné

Aristide »

Le petit détachement auquel était incorporé notre père montait vers Ha Giang. Le succès de la révolution de Sun Yat-sen en Chine provoquait des remous à la frontière chinoise et les Méos des montagnes à pavots s'étaient soulevés. Au passage, dans les villages thos de la vallée, des miliciens indigènes avaient été requis. Comme gage de leur tranquillité, les Blancs, envoyés inconsciemment par Paris si peu nombreux dans ce pays hostile et aux marches de l'immensité chinoise, armaient les Thos contre les Méos, c'est-à-dire l'homme de la vallée contre le montagnard, ou inversement. Et s'il advenait que ces deux ennemis traditionnels s'entendent, on armait alors les Nouns sinisés. On arrivait ainsi à tenir, mais ça bougeait de partout. La piraterie des Pavillons noirs et des Pavillons jaunes n'était plus qu'un lointain souvenir que rappelaient les minuscules forteresses tout le long de la frontière. Mais meurtres de colons isolés, d'officiers ou de sous-officiers de trop petites garnisons, razzias de villages, provoquaient une mise en alerte perpétuelle.

Après quelques courses-poursuites dans la brousse, sans anicroche avec les Méos qui se contentèrent cette fois-là d'une partie de cache-cache, notre père se retrouva en casernement à Lang Son.

A cent kilomètres au nord d'Hanoï, Lang Son faisait figure de ville coquette avec de larges avenues où l'on retrouvait les flamboyants de Saigon, tout en fleurs et formant au-dessus des rues des voûtes de grappes écarlates. Une vieille citadelle annamite restaurée servait de casernement confortable. Comme la caserne se trouvait près de la gare, l'un des amusements des marsouins consistait à aller se planter devant le chef de gare pour rigoler un bon coup. Car ce chef de gare indigène était bien sûr vêtu d'une longue robe de soie noire et ses cheveux relevés en chignon lui donnaient un air de pipelette.

Lang Son donnait aux militaires une impression de sécurité. Ils se retrouvaient là presque entre eux, sauf les jours de marché où la foule indigène apportait sa note pittoresque : Annamites aux vêtements bruns, Méos en bleu, Chinois aux robes de soie claire. Les longues robes de couleur des congaïs élégantes, fendues, laissaient apparaître leurs pantalons de soie noire. Provocantes, rieuses, elles faisaient tinter leurs colliers d'or, cherchant à aguicher les marsouins qui commençaient à trouver un certain charme aux singesses.

Ils savaient que les légionnaires étaient pour la plupart mariés à des congaïs qui habitaient des petites maisons autour de la caserne. Les légionnaires mariés obtenaient trois permissions de nuit par semaine. Tout cela faisait rêver. Mais la discipline des légionnaires, pour aussi dure qu'elle fût, comportait des accommodements que l'infanterie coloniale ne recevait pas. Par le fait même que l'infanterie coloniale était perpétuellement mobile, toujours sur le qui-vive, destinée à venir à la rescousse de tous les coups durs, alors que les légionnaires avaient pour tâche de tenir les blockhaus qui se succédaient sans interruption le long de la frontière chinoise. Les légionnaires étaient des sédentaires, les marsouins des nomades. Accrochés à leurs postes, ils finissaient par les entourer de vraies fermes, avec d'immenses jardins potagers qu'ils cultivaient et des troupeaux de bêtes à cornes qu'ils faisaient garder par des enfants thos tout nus, vêtus de leurs seuls longs cheveux raides.

Le va-et-vient des militaires, revenant ou repartant pour les postes qui s'échelonnaient le long de la frontière du Kouang-si, créait dans Lang Son une animation perpétuelle. On y voyait les légionnaires défiler dans un alignement impeccable, vêtus de kaki, au son des clairons et des fifres. Les mulets des artilleurs transportaient des pièces de 80 de montagne. Les tirailleurs tonkinois, pieds nus, un chapeau plat comme une galette retenu à leur lourd chignon par des rubans bleus et rouges, montraient une certaine coquetterie.

« Ma chère Victorine,

« Tu me demandes comment on peut s'habituer à manger du riz et à supprimer le pain et le vin. Ne crains rien, nous avons toujours notre quart de vin et nos miches de pain. Mais les officiers nous disent que c'est mauvais pour la santé, avec le climat d'ici. Ils nous obligent à mettre du thé dans notre vin, histoire de nous en faire passer le goût. Mais ça ne prend pas. On sait bien ce qui est bon. Tant pis si on a la chiasse. On a toujours de la viande à profusion. Non, il n'y a pas à dire, la nourriture est bonne. Je suis bien curieux de voir ta petite Suzanne. Elle aura un an quand je viendrai en permission l'année prochaine. Imagine tout ce que j'aurai à vous raconter. Par exemple, vous ne pouvez pas vous figurer ce que mangent les indigènes. Si je te dis qu'ils aiment autant les vers à soie, les fourmis et les abeilles que nous les escargots, tu vas penser que je te dis des menteries. Mais alors quand je vais t'écrire que dans le bœuf ce qu'ils préfèrent, c'est la peau qu'ils font frire, qu'ils aiment bien le veau mais s'il est mort-né, qu'ils enterrent les œufs pour les manger tout vieux et noirs, qu'ils aiment les nids d'hirondelle et les ailerons de requin, tu risques de te fâcher, telle que je te connais, en te disant que l'on ne respecte plus les aînés. Eh bien si, on s'est amusés à goûter les nids d'hirondelle avec les copains et je peux te dire que ça ressemble au tapioca, en plus gélatineux. Quant aux ailerons de requin, ça tient le milieu entre le vermicelle mal cuit et le poil de brosse à dents.

« Je compte bien que pour mon retour tu nous feras bouillir toute une matinée un bon pot de mojettes, avec une tranche de jambon poêlée. Je m'en lèche les babines.

« Ton frère affectionné,

Aristide »

Les attelages qui, parfois, dans l'attente de passer leur commande chez cousin Gaston, bouchaient toute la rue, de l'hôtel de France à la place des Marronniers, avaient brusquement disparu. Plus de lourds fardiers ramenant des grumes de la forêt de Mervent, plus de charrettes à ridelles ni de chars à bancs transportant les familles. Les véhicules se pressaient, toujours mouvants à l'arrêt, en raison des sautes d'humeur des chevaux qui s'énervaient les uns les autres, hennissaient, s'ébrouaient en faisant craquer les limons et grincer les roues cerclées de fer. Charretiers et rouliers s'interpellaient en s'époumonant. Quelques cabriolets, et de plus rares charrettes anglaises, se tenaient un peu à l'écart de cette exubérance populacière. Les chevaux de ces attelages eux-mêmes, alezans ou truités, semblaient regarder avec quelque dédain les gros percherons pommelés attelés à des tombereaux ou à des limonières. Cet afflux d'attelages, les jours de marché et de foire, dans un brouhaha de jurons, de piaffements, de sabots raclant le macadam dans une odeur âcre de sueur et de crottin, cette affluence qui se déversait sur la bourrellerie comme un orage et mettait en émoi toute la maisonnée, qu'était-elle devenue ? Paysans et chevaux s'étaient évanouis. Il semblait que les Allemands les avaient chassés pour les remplacer par tous leurs engins mécaniques ; side-cars, automitrailleuses, tanks, camions transporteurs de troupes ou tractant des canons. Nous étions passés en un clin d'œil de la civilisation du cheval à celle du moteur à explosion. Le bourrelier ne savait pas encore que, du même coup, son métier avait été renversé « dans les poubelles de l'histoire », comme disent les beaux esprits. Il continuait imperturbablement à accourcir des courroies, corroyer du cuir, embourrer, mandriner, coudre au carrelet. La clientèle ne manquait pas. Elle avait simplement changé d'aspect. Aux paysans taciturnes, moustachus, engoncés dans leurs paletots de velours, la lanière du fouet passée sur l'épaule, succédaient des sous-officiers allemands bavards, agités et tout joyeux de leur facile et fulgurante victoire. Ils avaient tellement raflé d'armes sur leurs innombrables prisonniers (vraiment innombrables car leur grand souci était actuellement de les compter et de les recompter, ne trouvant jamais le même chiffre et s'en exaspérant) qu'ils s'en faisaient des trophées. Et pour ces trophées il leur fallait des gaines de cuir, des sangles, tout un harnachement humain qui prenait insidieusement la place du harnachement animal. Cousin Gaston ne s'apercevait pas non plus, occupé à trancher et à coudre, que les occupants l'amenaient à passer de la civilisation hippomobile dans laquelle il pensait vivre et mourir à la civilisation automobile qui venait de déferler de la lointaine Germanie. On lui commandait en effet des coussins de voiture en cuir, on lui faisait réparer les housses des side-cars et des canons, les capotes et les bâches des camions. La défaite de l'armée française était en même temps la défaite de son métier. Ce qu'il ne savait pas encore, c'est qu'en travaillant avec empressement pour l'armée allemande, ce même empressement qu'il mettait toujours à se ruer au travail et à l'exécuter au galop, il devenait du même coup le premier « collaborateur » de Fontenay.

Mais l'Histoire n'est claire qu'après-coup, lorsque les dés sont joués. Pour l'instant nous nous trouvions en pleine confusion. Il ne venait à l'idée de personne, pas plus au cousin Gaston qu'à la tante Victorine, que la guerre puisse encore durer quatre ans ; qu'il puisse y avoir par conséquent une occupation allemande, une collaboration et une résistance. Il était bien évident que les troupes allemandes stationnées dans notre petite ville n'étaient là que de passage. L'Angleterre allait être envahie incessamment, ce qui mettrait enfin à genoux notre ennemi héréditaire. Un jeune soldat allemand qui venait chaque jour dans la bourrellerie, claquant des bottes à chacune de ses entrées et demandant aussitôt si la « mademoiselle » était là, nous avait dit qu'après la paix signée, en échange de l'Alsace-Lorraine, la France recevrait les parties « françaises » de la Belgique et de la Suisse. De quoi se plaindrait-on ? D'autant plus que l'Alsace-Lorraine, la Belgique et la Suisse étaient bien loin de la Vendée. Tout cela demeurait aussi abstrait que des cartes de géographie.

N'était pas abstrait, par contre, ce jeune soldat allemand, si poli, parlant si correctement français, et qui revenait bien trop souvent voir Odette. Le temps qu'Odette lui accordait était du temps perdu pour nous, comment ne le comprenait-elle pas ?

Et puis moi, pendant qu'elle bavardait (je me demandais bien de quoi) avec ce soldat allemand dont la seule séduction me paraissait être la croix de fer épinglée sur son uniforme feldgrau, il me fallait battre la campagne pour courir à la poursuite des paysans qui profitaient « des événements » pour ne plus reparaître à Fontenay, concluant hâtivement que l'armistice les dispensait de payer leurs factures.

A vélo, je m'égarais dans des chemins creux, trouvais la plupart du temps les fermes désertes ; ou bien la fermière s'y trouvait seule, regardait d'un air hébété la facture que je lui tendais et jurait ses grands dieux qu'elle ne pouvait lire, ayant cassé ses lunettes ; ou bien que seul son mari savait de quoi il en retournait avec cette facture. Je réenfourchais mon vélo et partais à la recherche du mari, à travers champs. Si j'arrivais à le trouver, l'accueil n'était en général pas très cordial. Rien n'exaspérait plus un paysan, en ce temps-là, que la vue d'une facture. Pourquoi écrire tous ces chiffres sur un papier d'instituteur alors qu'il suffisait d'en parler entre hommes ? Et en plus faire porter ce grimoire par un gamin, qui certainement perdrait l'argent si on avait l'imprudence de le lui donner. Non, non, le Berrichon il n'avait qu'à venir lui-même et on lui paierait son travail.

Comme je parlais patois et que j'étais le neveu de la tante Victorine, il m'arrivait quand même de ramasser quelques billets, jamais la somme exacte. Parfois des fermiers m'identifiaient sur ma seule ressemblance avec mon père :

– T'es pas le gars au défunt Aristide le Cochinchinois ?

– Si.

– C'était un bon bougre, ton père. Avec toujours le mot pour rire. Un bon vivant.

Là, c'était gagné. Cette fois le paysan payait sa facture. Mais il la payait plus à Aristide le Cochinchinois qu'au Berrichon.

Odette et moi, nous continuions le soir à dépouiller la correspondance du Tonkin, toujours allongés sur nos hauts lits de plume, à la lueur clignotante d'une lampe Pigeon.

« Mon cher Alfred,

« Tu me demandes s'ils parlent français. Certains le baragouinent. Mais il ne fait pas bon à ce qu'ils ne comprennent pas nos ordres. Une bonne claque et le français leur entre dans la peau. Leur petit-nègre est parfois amusant. L'autre jour, un boy appelait son rasoir " le couteau à couper poils la gueule ".

« Ce qui est horrible, c'est leurs dents noires. Surtout les femmes, ces dents peintes en noir, exprès, ça me fait zire.

« Nous sommes pour l'instant stationnés dans un petit poste commandé par un lieutenant, près de Cao Bang. La majorité de la troupe est formée de miliciens indigènes. Les seuls Français, en plus du lieutenant, sont des sous-officiers et, les quelques secondes classes que nous sommes, espérons bien que cette situation va nous faire passer caporaux. Le poste est correctement défendu avec ses murailles à meurtrières. On a bien besoin de murailles car à perte de vue s'étale la plaine, avec ses buffles noirs si enfoncés dans la vase des mares que seuls émergent leurs naseaux et leurs cornes, ses paysans à demi nus qui pataugent dans les rizières, et de temps en temps des villages de paillotes pouilleuses. Au bord de la seule route qui va se perdre en Chine, trois cabaretiers chinois se sont fait construire des maisons neuves. Avec toutes les piastres que nous leur donnons pour l'absinthe, ils ne sont pas à plaindre. Ils sont aussi gras que les rats des rizières que les Annamites leur attrapent. Ces porcs-là les mangent. Ce ne sont pas eux qui accepteraient d'être payés avec des bouteilles vides, comme on le fait avec les Thos qui en sont très contents.

« Il paraît que, de l'autre côté de la frontière, le général chinois vient de faire placarder une proclamation demandant à ses zigotos de se couper leurs tresses. Ce général chinois, qui n'a pas l'air d'un imbécile, aurait déclaré : " Avec cet appendice, non seulement on est gêné pour le travail, mais encore on se salit. La tresse est antihygiénique, de plus elle provoque le rire des autres nations qui la comparent à une queue de porc. "

« Voilà qui est envoyé ! Mais je t'ennuie peut-être avec toutes mes singeries.

« Je pense bien à vous et au pays.

« Votre affectionné

Aristide »

« Ma chère Victorine,

« Parle-moi de ta petite Suzanne. N'as-tu pas une photo d'elle à m'envoyer ? L'an prochain j'aurai ma première permission. Depuis quatre ans déjà que je me suis engagé, j'ai bien changé, tu verras. Je ne suis plus le gamin de Saint-Martin-des-Fontaines.

« Tu me dis que j'ai bien de la chance d'avoir des boys. Mais si tu savais comme ils sont sales, voleurs et paresseux ! Tu ne peux pas t'imaginer une crasse pareille. Ils sont rongés de gale et de vermine. Impossible de leur faire laver la vaisselle entière. Ils croient que laver l'intérieur, c'est bien suffisant. Pour essuyer les tasses à thé, ils dénouent le chiffon graisseux qui relie leur chevelure et essuient la porcelaine avec. Tu comprendras pourquoi je ne bois jamais de thé. Au marché, ils ne payent jamais les victuailles qu'ils achètent pour nous, ou bien alors au quart du prix, menaçant ceux qui protestent de les dénoncer comme pirates à leurs grands chefs. Les grands chefs, c'est nous. Mais bien sûr ils nous font ensuite payer les mêmes victuailles au prix fort. Pour te donner une idée de la filouterie de ces gens-là, il suffit de regarder les curieuses cornes des buffles, qui leur tombent sur les oreilles. Au début je pensais que ces cornes bizarres étaient malgré tout naturelles. Mais non. C'est que les buffles sont toujours volés. Pour que leurs propriétaires ne les reconnaissent pas, on chauffe les cornes pour les ramollir et les déformer. Je te passe le tuyau. Ça doit être faisable aussi avec nos bœufs.

« Ton frère affectionné

Aristide »

« Mon cher Alfred,

« Nous sommes partis en expédition, avec une compagnie de tirailleurs tonkinois pour dégager le poste de Dien Bien Phu occupé par les Siamois. Le temps d'arriver, les Siamois avaient déjà décampé. Mais le lieutenant nous a fait tendre une embuscade dans la nuit et lorsque des silhouettes sont apparues, on a fait feu. L'ennemi s'est volatilisé, comme d'habitude. Le matin, on a fouillé les abords du sentier et l'on a trouvé le butin abandonné par les pirates : quatre grands sacs que l'on a emportés au poste. Lorsqu'on les a vidés, on a bien été étonnés ; ils étaient seulement pleins d'ossements humains. Notre lieutenant a fait fouiller les villages, interroger les habitants *manu militari* et il a fini par apprendre que des villageois de la montagne, voulant fuir les pirates, mais ne pouvant se résoudre à abandonner le cimetière de leurs ancêtres, avaient déterré les cadavres pour les emporter avec eux. Pour éviter les mauvaises rencontres, ils les transportaient la nuit. Et ils étaient tombés sur notre embuscade. Comme on n'est pas méchants, on leur a rendu leurs os.

« Maintenant on est revenus à Cao Bang. Tout est calme. Je pense bien à vous et au pays.

« Votre affectionné

Aristide »

« Ma chère Victorine,

« Tu veux que je te parle des femmes annamites. Comme elles chiquent du bétel du matin au soir, elles ont des dents noires, ce qui est déjà pas mal repoussant. Plus elles sont riches, plus ça empire, puisque les riches se font laquer de noir toute la mâchoire. En plus de ça elles sentent le rance à vingt pas parce qu'elles s'enduisent tout le corps d'huile de coco. Enfin, leurs longues chevelures sont infestées de poux. Lorsqu'on voit dans la rue un groupe de femmes accroupies, c'est qu'elles s'épouillent mutuellement. Puisque décortiquer le riz est un dur travail, ce sont les femmes qui le font. Comme pour les semailles, les hommes ont dû les persuader que c'était bénéfique. Ils sont malins, ces singes.

« J'ai vu l'autre jour des pauvresses, avec des chaînes de fer aux pieds, qui nettoyaient la route. On m'a dit qu'elles étaient condamnées pour dettes. On a beau être différent de ces gens-là, ça vous fait quand même mal au cœur. Ce n'est pas comme pour la vieille entremetteuse que l'on a surprise en train d'emmener des fillettes pour les vendre en Chine et qui a été condamnée à vingt ans de bagne à Poulo Condor. Celle-là, on ne la plaint pas.

« Ton frère affectionné

Aristide »

« Mon cher Alfred,

« Tu me demandes comment on se ravitaille pendant nos expéditions. On prend toujours quatre jours de vivres : du sel, du café, du sucre, des boîtes de singe, des biscuits. Le chapardage est interdit mais on se débrouille. Par exemple notre lieutenant a une méthode épatante pour nous faire du pot-au-feu. Lorsque l'on arrive près d'un village, il envoie une patrouille capturer discrètement un bœuf dans un champ. Puis il envoie une autre patrouille ramasser le premier paysan venu. Il présente le bœuf au paysan et lui offre de l'acheter. Le paysan est toujours d'accord sur le prix. Bien sûr, puisque ce n'est pas son bœuf. Le lieutenant se demande s'il lui est arrivé une seule fois de tomber sur le vrai propriétaire. En tout cas il trouve toujours un vendeur.

« Mais nous, on ne fait pas autant de chichis. Quand le lieutenant nous envoie au marché, on soulage de son panier de victuailles le premier *nha qué* venu, rencontré sur la route. S'il piaille, on lui fout un bon coup de pied dans le ventre. Quand le lieutenant nous envoie à la pêche, on s'assoit bien tranquillement près d'un pêcheur qui lance ses filets et l'on attend que sa nasse soit pleine. Alors on la lui confisque, au nom de la loi. Si le pêcheur a le culot de protester, on le flanque à l'eau.

« Avant de partir dans la brousse, toute la troupe est vaccinée et on prend tous les jours de la quinine préventive. Adieu l'alcool jusqu'au retour. Interdiction de boire de l'eau aux fontaines. Il faut filtrer l'eau qui est pleine de bestioles. Les marches à découvert sont suspendues de onze heures à trois heures. Mais en forêt on arrive à faire trois kilomètres à l'heure malgré les embûches.

« Les marches de nuit, en forêt, sont impraticables. Mais avec des torches de bambou enduites de résine, on peut marcher trois heures. L'ennui, c'est que, tout comme les feux de camp pour chasser les moustiques et les tigres, ça indique nos positions à l'ennemi.

« Ce qui tente les pirates, ce sont surtout nos munitions. Il arrive que des soldats indigènes auxiliaires décampent avec leurs armes pour les vendre aux pirates. C'est pour ça qu'on ne leur donne que deux cartouches par homme. Et que la nuit on leur reprend leurs armes qui sont attachées toutes ensemble sous la tente du chef de détachement.

« C'est ça qui est le plus fatigant, c'est la méfiance. Toujours être aux aguets. Et pourtant il ne se passe jamais rien. Notre lieutenant dit toujours : " J'aimerais mieux que ça pète un bon coup. " Mais non, c'est comme un feu qui couve sous la cendre, invisible, sans odeur, sans fumée. A croire que ce danger dont nous parlent toujours nos chefs est imaginaire et seulement destiné à nous faire tenir tranquilles, nous les marsouins.

« Enfin, on verra bien. Mais les jours sont longs.

« Je pense bien à vous et au pays.

« Votre affectionné

Aristide »

J'avais tendance à délaisser ma pauvre petite grand-mère dans son triste logement du Puy-Saint-Martin. Une seule fois Odette m'accompagna. Mais c'est étrange comme, chez grand-mère, Odette restait en retrait. Elle l'appelait « madame », ce qui me paraissait absolument invraisemblable. Je n'avais jamais entendu personne appeler ma grand-mère madame. Les gens l'appelaient la mère Léonie. Cette familiarité, dont je ne percevais pas la condescendance, me semblait beaucoup plus aimable que ce madame, coupant comme un tranchet. Grand-mère n'était pas une madame. N'était-ce pas se moquer d'elle que de lui affubler ce qualificatif chapeauté et ganté ? Depuis qu'elle avait abandonné sa coiffe, grand-mère était une « femme en cheveux », comme on disait des femmes trop simples, trop pauvres et trop humbles pour passer de la coiffe au chapeau. La coiffe marquait l'attachement au monde paysan. Une coiffe portée en ville affichait son origine rurale. Un chapeau indiquait son appartenance à la bourgeoisie ou, plus souvent, son désir d'y accéder, en tout cas de prendre la bourgeoisie et la citadinité dès maintenant comme modèle. Entre les deux, se trouvaient les paysans sans terre, les exilés du monde rural, non encore insérés dans la civilisation des villes ; celles qui avaient jeté leur coiffe par-dessus les moulins, mais qui n'osaient pas encore arborer le chapeau. Tante Victorine gardait sa coiffe dans une armoire, la regardait de temps en temps, la sortait même pour la repasser avec ces petits fers spéciaux qui permettaient de se glisser dans les boucles et les replis, mais ne la remettait jamais sur sa tête. Elle avait osé accéder au chapeau, mais elle n'en usait qu'avec beaucoup de parcimonie, dans les seules grandes occasions, par exemple pour la messe chantée du dimanche à l'église Notre-Dame. Le reste du temps, pour qu'on ne la confonde pas, quand même, avec les « femmes en cheveux », elle se couvrait la tête d'un fichu.

Dans le logement exigu de grand-mère, Odette ne savait où se mettre, ni quoi dire. Je m'apercevais de la complexité de notre situation. Ma grand-mère n'était pas sa grand-mère puisqu'elle était la mère de ma mère. Il pouvait donc y avoir des membres de ma famille (la moitié) qui n'avaient aucune parenté avec Odette. Mais que grand-mère, qui m'était si proche, ne soit pas aussi familière avec Odette que je l'étais, me dépassait. Toutes les deux marquaient leurs distances. Notre immédiate complicité, entre grand-mère et moi, se trouvait tout à coup perturbée. Entre nous deux apparaissait... mais oui, c'était bien le mot, mais comme il m'était cruel : une étrangère.

Dans ce logement sombre du Puy-Saint-Martin, où grand-mère elle-même ne se trouvait guère chez elle, s'y voyant « remisée », Odette semblait en visite de convenance. Elle me paraissait soudain beaucoup moins ma sœur, beaucoup moins vraisemblablement ma sœur. En un bref instant je songeai que peut-être nous jouions au frère et à la sœur, mais que tout cela n'était qu'invention, fantasmagorie. J'eus soudain très peur de perdre Odette, d'être arraché à ce rêve exotique et tendre que nous vivions ensemble dans cet été tragique qui nous avait réunis d'une manière si soudaine et si inattendue.

J'ai su, depuis, tout ce que mon père ne racontait pas dans ses lettres. Sauf lorsqu'il s'était laissé aller à parler de sa crise de paludisme, il n'abordait jamais le chapitre des maladies, ni celui, pourtant obsessionnel dans les troupes coloniales, de la mort.

Compulsant les archives de l'ancien ministère des Colonies, j'ai pu voir les rapports faits aux alentours de l'an 1910 par les médecins militaires. Le paludisme était plus fréquent et plus meurtrier que la dysenterie, les soldats cantonnant surtout dans le pays de la fièvre. Dans le haut Tonkin, près de la frontière chinoise, la malaria ravageait les postes. Les légionnaires, qui faisaient la police des régions les plus troublées et les plus malsaines, accusaient une mortalité considérable. Il mourait en moyenne sept légionnaires, contre trois soldats de l'infanterie de marine. Et trois Européens contre un Annamite. Et pourtant les Annamites importés du delta tonkinois et envoyés au pays des Méos, des Thos et des Nouns, considéraient eux aussi le haut Tonkin comme un pays d'exil. Ils supportaient moins bien ce climat montagneux, relativement froid l'hiver, que les Européens. Et dans leurs chansons les Annamites parlaient de la tristesse du soldat qui doit quitter les riches plaines du fleuve Rouge pour les redoutables forêts du pays où rôdent le tigre et la fièvre.

Sur 1 000 décès dans l'infanterie de marine, 460 (soit presque la moitié) relevaient du paludisme, 201 de la dysenterie, 150 du choléra, 55 de blessures de guerre et le reste (134) de maladies diverses.

Parmi ces pudiques maladies diverses : la peste, la lèpre. Tous les ans apparaissaient des pestiférés, mais ces cas isolés ne dégénéraient jamais en grandes épidémies. La lèpre était par contre assez répandue au Tonkin où les lépreux vivaient regroupés dans des villages spéciaux. N'ayant d'autre ressource que la mendicité, il leur arrivait de forcer la main des commerçants en menaçant de souiller les étalages si on ne leur faisait pas la charité. A l'époque où mon père se trouvait aux frontières de Chine, se répandit chez les lépreux l'idée que la lèpre pouvait se guérir avec un lavage fait du sang de petit enfant. Les enlèvements et les meurtres d'enfants terrorisèrent pendant un temps les villages jusqu'à ce qu'un général chinois fasse une razzia des lépreux, les enferme dans une grande paillote et y mette le feu.

La police de la frontière était ainsi indécise et fort dangereuse, dans la mesure où l'armée régulière chinoise coopérait de temps en temps avec l'armée française pour chasser et détruire les pirates, mais opérait aussi parfois pour son propre compte en territoire tonkinois.

Du parapet des remparts du poste de Ta-lung, dominé par un donjon à échauguette et protégé par de larges fossés maçonnés, on avait vue directe sur la Chine. Entre le fortin et la Chine, à quelques centaines de mètres, un énorme rocher avait été surnommé le Lion de Belfort. Lorsque les soldats du poste sortaient pour assurer leurs patrouilles, ils marchaient sur des milliers de tombes, disséminées dans la plaine : celles des légionnaires alsaciens, allemands et suisses, tués en 1895 par les Pavillons noirs ; celles des marsouins fauchés par une épidémie de typhus en 1902 ; celles de tous les tués dans les embuscades, par petits groupes, presque un par un, depuis 1872. Des petites croix de bois, à demi pourries, apparaissaient dans les ronces, avec des débris de crosses de fusil, des morceaux de casque. Depuis quarante ans que le premier corps expéditionnaire s'était arrêté au pied de ces montagnes chinoises et que, de Paris, l'ordre était venu de s'incruster dans ce pays d'abord violemment hostile, puis devenu apathique et comme indifférent, les tombes avaient été creusées nombreuses, si nombreuses qu'elles formaient comme une frontière en pointillé, une vraie frontière désormais visible, une frontière de croix de bois, dont la défense prenait une signification. Défendre la frontière, c'était défendre ses morts. S'accrocher au terrain, c'était refuser d'abandonner ses morts. Ces légionnaires et ces marsouins, si loin de la métropole, minés par les fièvres et la dysenterie, et qui finissaient par avoir des mirages à force de scruter indéfiniment la « porte de la Chine » devenaient des vivants qui semblaient n'assurer que la seule garde des morts. Ils n'entretenaient pas les tombes, mais ils se promenaient le soir en les recherchant dans les lianes, déchiffrant leurs inscriptions toujours laconiques : un prénom et un nom, deux dates. Un laps de vie de vingt à trente ans. Déjà deux générations s'étaient écoulées depuis que les premiers Français avaient débarqué à Haïphong et que le colonel Galliéni était venu jusqu'à Lang Son. Son « palais », résidence qui se voulait fastueuse dans ce pays perdu et qui arrivait juste à la redondance d'une architecture de sous-préfecture, commençait à se délabrer.

Comme se délabraient tous les fortins, écartelés par les racines et les lianes, effondrés par les torrents de pluie et que les légionnaires remettaient sans cesse en état avec une patience de fourmis.

Pas de guerre. Il n'y avait pas de guerre. Il n'y avait plus de guerre. La conquête était terminée. On assurait seulement l'ordre. Jamais le mot de guerre n'était prononcé. De temps en temps l'ordre était seulement troublé. On signalait le De Tham. Lorsque l'infanterie de marine arrivait sur place il s'était enfui dans les bois. Les marsouins tuaient les buffles des gens du De Tham, ou supposés tels, incendiant leurs villages. Et tout rentrait dans cet ordre monotone de la quotidienneté banale.

Un autre jour, on voyait dans la brousse deux taches bleues. C'étaient deux gardes indigènes tailladés au coupe-coupe et délestés de leurs carabines et de leurs cartouchières.

Lorsque l'on découvrait le corps des pirates tués dans un engagement avec nos troupes, ils étaient toujours sans tête, les hommes du De Tham décapitant leurs morts afin que leur identité ne puisse être établie.

Il n'y avait pas de guerre. Il n'y avait qu'un ennemi invisible qui fuyait au moindre contact, qui se dérobait, puis qui réapparaissait au seul moment où l'attention des sentinelles se relâchait. A chaque fois, une dizaine de sous-officiers et de soldats tombaient sous les balles des pirates et allaient rejoindre ce peuple des morts, vrai gardien de la frontière.

Une nouvelle expédition courait à la poursuite du De Tham, brûlait les paillotes, tirait au hasard dans les fourrés et revenait à son cantonnement, sans un seul prisonnier, sans avoir réussi à contacter l'ennemi ; à croire que cet ennemi était imaginaire s'il n'y avait ces nouvelles tombes fraîchement creusées autour du fortin.

Comme si rien ne s'était passé, comme si ces soldats suants et haletants n'étaient que des ombres, les coolies passaient interminablement dans la plaine, transportant leurs fardeaux au bout des longues perches de bambou qui leur servaient de balanciers. Des files de charrettes à bœufs chargées de minerai de zinc et d'étain remontaient des mines de Cao Bang. Le long de la rivière, de grandes roues en bambou, mues par le courant, élevaient l'eau jusqu'aux rizières. Le paddy séchait au soleil. De gros Chinois ricanaient obséquieusement. Des enfants, vêtus d'un simple collier de métal, ou d'une chemise qui leur arrivait au milieu de leur ventre obèse, la tête rasée ne conservant qu'une touffe de cheveux, se vautraient dans la poussière en jouant à attraper de petits porcs gras. Un mandarin à cheval, suivi d'un porteur de parasol qui l'abritait du soleil, s'avançait vers le fortin, calme comme un bouddha et fier comme un pape.

Du haut du parapet, les marsouins harassés le regardaient venir. La plupart s'étaient déchaussés, les pieds meurtris, voire ensanglantés par leurs lourds brodequins réglementaires dans toute l'armée française mais impropres à la marche dans la rocaille ou la brousse. Ils buvaient de l'absinthe au goulot des bouteilles. Certains se graissaient les pieds avec des couennes de lard. D'autres cautérisaient avec du *choum choum* brûlant leurs plaies aux jambes, grouillantes de vers. Ils regardaient, fascinés, le mandarin à cheval, sous son parasol de soie bleue d'où pendaient des glands multicolores. Une cigogne rouge brodée sur sa longue robe serrée à la taille par une ceinture à plaquette d'or, les mains croisées cachées sous de larges manches, le mandarin s'approchait lentement du fortin.

Devant ce mandarin superbe, l'impression confuse, fugitive, leur venait de cette absurdité qui les conduisait à pourchasser de pauvres diables ; encore plus pauvres diables qu'eux. Leur véritable ennemi n'était-il pas ce mandarin à cheval qui, lui, ne souffrait ni de faim ni de fatigue et qui finalement s'entendait fort bien avec leurs officiers ? Ne venait-il pas faire la noce avec leur lieutenant ?

Mais demain ils n'y penseraient plus. Cette haine de classe qui avait soudain affleuré leur conscience s'évanouirait avec les fumées de l'alcool, et pour certains de l'opium. Un bref instant redevenus péquenots devant le spectacle de la suffisance de ce mandarin coiffé d'une calotte de brocart, rutilant dans son vêtement de soie comme un roi mage, ils se réveilleraient après une nuit d'un sommeil lourd, de nouveau seigneurs blancs régnant sur un peuple de singes.

Les journaux, qui avaient cessé de paraître au plus fort de la débâcle, réapparaissaient, tout maigres, à l'image des futures restrictions qui nous attendaient. L'*Ouest-Éclair* et *Le Phare de la Loire* semblaient tout dégonflés. Pourtant ce que l'on avait à nous annoncer était de taille : le maréchal Pétain et les ministres avaient quitté Bordeaux pour Clermont-Ferrand et s'apprêtaient à installer un nouveau gouvernement à Vichy. Une première réunion de la Commission d'armistice s'était tenue à Wiesbaden. L'armée russe occupait la Bessarabie. Les îles Jersey et Guernesey venaient d'être prises d'assaut par les troupes allemandes, prélude à l'envahissement de l'Angleterre. Le général Weygand rendait hommage à la vaillance de nos vingt-deux mille soldats qui continuaient à résister dans la ligne Maginot, tout en leur intimant l'ordre de se rendre. Dans une ville de l'ouest de l'Allemagne un avion anglais mitraillait les sapeurs-pompiers occupés à éteindre un incendie.

– Voilà bien la perfidie des Anglais, s'exclamait tante Victorine qui, après le dîner, commentait les nouvelles du journal pour toute la maisonnée.

Assiettes, couverts et plats repoussés du côté du Berrichon et du bel Hubert, comme s'il était évident que les deux hommes ne savaient pas lire, elle étalait sur la toile cirée le journal grand ouvert. En détachant bien les mots, elle procédait à une lecture collective, solennelle, que tout le monde écoutait religieusement, cousin Gaston le Berrichon se mordant les doigts pour tenter de chasser son envie de fumer puisqu'il était bien entendu que l'on ne fumait pas à table et qu'il n'était pas question que quiconque puisse se lever de sa chaise avant que la tante Victorine en ait fini avec son journal.

Tout à coup elle tomba comme un chien d'arrêt sur un gibier, s'arrêtant net sur un article qu'elle déchiffra d'abord pour elle-même. On voyait ses lèvres qui épelaient les mots. Elle hochait la tête. Puis elle nous lut d'un ton quelque peu triomphal :

« Avant la démobilisation complète, l'armée doit aider le pays à se remettre au travail. Le gouvernement dresse le plan de restauration de la France. Le retour à la terre et la mise en valeur du sol en sont les éléments essentiels. »

— Le retour à la terre ! Ah ! je savais bien que ça finirait par arriver ! Enfin, on a compris ! Avec toutes leurs usines, leurs autos, leurs bas de soie, leurs manières, ils nous tenaient la dragée haute, à nous, les paysans. Pendant qu'ils y étaient, avec toute leur machinerie, ils disaient qu'ils allaient inventer une machine à refouler les péquenots. Parce que non seulement ils nous méprisaient, non seulement ils prenaient nos terres, mais encore ils ne voulaient pas de nous dans leurs villes. Ils trouvaient qu'on sentait le purin. Ah ! ils vont voir maintenant s'ils ne seront pas contents de nous trouver ! Le Maréchal l'a bien compris, lui ! « Le retour à la terre et la mise en valeur du sol... » Voilà qui est dit et bien dit.

La tante Victorine claironnait toujours « nous autres paysans », bien qu'elle n'eût été paysanne que dans sa jeunesse, chez son père. Elle avait épousé un ouvrier puisque le bel Hubert, avant de se livrer à des occupations mystérieuses dans la cave, était chauffeur de four dans une briqueterie. Mais elle passait l'éponge sur cet épisode. Être paysan, pour elle, n'était pas seulement travailler la terre, mais affaire de caste. Bien que notre tribu comptât un certain nombre d'artisans, comme l'oncle Ernest le maréchal-ferrant, il est vrai que dans sa presque totalité notre famille vivait à la terre ou vivait de la terre. Car finalement, en effet, le maréchal-ferrant ou le bourrelier étaient des auxiliaires du paysan. Même mon père, avec sa carrière militaire, n'offrait pas une anomalie puisque toute famille paysanne vendéenne comptait au moins un sous-off de la coloniale et un curé, le plus souvent missionnaire lui aussi aux colonies. L'un et l'autre représentaient le trop-plein des familles paysannes. L'un et l'autre se sentaient, malgré leur exil, paysans: paysans sans terre.

Lorsque nous nous retrouvâmes dans notre chambre, Odette et moi, elle me demanda:

– As-tu lu *La Terre qui meurt* de René Bazin?

Je fus tout surpris par cette question et bredouillai un oui confus. Sauf avec ma mère, je ne parlais jamais de livres avec personne. Ma mère partageait mon goût de la lecture et nos livres constituaient notre meilleure complicité. Mais qu'Odette, elle aussi, connaisse ce monde enchanté, du moins qu'elle connaisse même un seul livre, me stupéfia. Car il n'y avait de livres nulle part, à ma connaissance, sauf dans les armoires de grand-mère ces prix à tranches dorées dans lesquels elle m'avait appris à lire, sauf les quelques bouquins lus et relus, tout écornés, que ma mère transportait partout, sauf ces livres achetés à Nantes chez les bouquinistes avec d'abord mes pourboires de garçon de courses, puis mon salaire de manutentionnaire.

René Bazin? Il parlait de notre terre, des paysans de chez nous. Bien sûr que je connaissais. Mais comment un tel livre avait-il pu parvenir à Odette? J'osai demander:

– Tu aimes lire ?

– Tous les tuberculeux aiment lire. Au sana on n'avait que ça à faire, lire du matin au soir. Alors ou bien on lit bêtement, n'importe quoi, pour s'abrutir, pour s'empêcher de penser à sa maladie, ou bien on lit pour s'instruire. J'ai beaucoup lu. Je lis toujours beaucoup. Et toi ?

Comment lui dire ? La lecture était ma part si secrète, un domaine strictement réservé à ma mère et à moi. Faire entrer Odette dans ce domaine, n'était-ce pas un peu trahir ma mère ? La lecture, les livres représentaient pour moi quelque chose de si extraordinaire, de si étranger dans le monde du travail qui était le mien, qu'en parler avec Odette risquait de perturber cet enchantement. Mais, en même temps, qu'Odette puisse partager ma passion de la lecture, qu'un autre élément vienne fortifier notre intimité, me donnaient une joie proche de l'ivresse. Nous ne parlâmes pas davantage de lecture ce soir-là pour en revenir au dépouillement des lettres de notre père.

« Ma chère Victorine,

« Hier le poste était en grand branle-bas car nous devions recevoir la visite du commissaire des Douanes impériales chinoises, notre voisin d'en face. Ces gens-là sont toujours pleins de salamalecs et notre lieutenant se tenait sur son trente-et-un. Eh bien, figure-toi que ce fonctionnaire chinois, habillé en Chinois, avait une peau blanche et parlait français comme toi et moi. C'était ni plus ni moins qu'un ancien officier de marine français devenu chinois. Il a même fait venir de France sa femme et ses enfants et tout ce beau monde vit en Chine. Il paraît que d'autres Européens ont ainsi choisi de passer de l'autre côté. C'est assez incroyable.

« Le temps est bien long et maintenant je pense tous les jours à ma prochaine permission. Après trois ans ce sera bon de retrouver la France. On se distrait comme on peut en faisant la chasse aux rats, aux poux, aux moustiques. La chaleur est revenue avec l'été. Tous les soirs, à la tombée de la nuit, éclatent des orages terribles. A croire que c'est la fin du monde ou que l'empereur de Chine, en personne, nous tombe sur le râble. On ne peut même pas se rafraîchir le corps à l'eau froide qui vous donne tout de suite des bourbouilles. On ne peut se laver qu'à l'eau tiédie au soleil. Et puis il y a toujours cette maudite diarrhée qui vous coupe les jambes. Sans ceinture de laine sur le ventre ce n'est pas tenable avec les coliques que l'on a; mais la laine attire aussi les bourbouilles. On n'en sort pas. Ou bien la chiasse ou la grattouille. Comme tu vois, le moral est bas.

« Ton frère affectionné

Aristide »

« Mon cher Alfred,

« Tu me demandes ce qu'il en est des pirates et des troupes indigènes et comment nous arrivons à distinguer les uns des autres. C'est très simple, les pirates, on ne les voit jamais. Pourtant ils sont au moins deux à trois mille dans la région. Quant aux troupes indigènes, il y a les tirailleurs tonkinois qui forment avec nous l'armée régulière, puis les partisans. Les partisans, ce sont des auxiliaires qui nous servent de coolies pour porter nos sacs dans les déplacements, de guides, d'émissaires. Bien que ce ne soient pas des réguliers, les partisans sont plus sûrs que les tirailleurs. Ils font eux-mêmes la chasse aux pirates et nous rapportent parfois des têtes coupées. On les plante sur des tiges de bambou, dans la plaine, histoire de rappeler aux indigènes qu'ils feraient mieux de se tenir tranquilles. Les pirates sont armés de lances, de coupe-coupe, mais aussi de fusils à tir rapide qu'ils volent dans les postes où ils font des coups de main ou qu'ils achètent aux tirailleurs. C'est pourquoi on ne peut jamais avoir confiance dans les travailleurs. Même quand on leur distribue de la quinine, il faut les obliger à l'absorber devant nous, sinon ils vont la revendre aux commerçants chinois.

« Quand on vient inspecter un village, comme par hasard il n'y a jamais personne. Mais cette semaine on a eu une surprise dans les paillotes d'une bourgade. Il y avait bien du monde, mais dans quel état ! Les pirates étaient passés avant nous et dans les cases on trouvait des femmes éventrées, des hommes tailladés comme de la viande de boucherie, des enfants assommés comme des lapins. Horrible ! On en a dégueulé tout notre repas de midi. On n'a trouvé qu'un seul rescapé, un gosse de sept à huit ans, tout seul dans une case, accroupi sur une natte, les yeux devenus ronds par la frousse. Près de lui, sa mère morte baignait dans son sang. Le lieutenant a sorti de sa poche un sou tout neuf et l'a donné à l'enfant. Il l'a regardé, l'a retourné, a regardé le lieutenant comme un oiseau tombé du nid regarde un chat, a avalé la pièce, puis s'est mis à hurler. Mais à hurler si fort que ça a fini par nous donner une véritable panique et que l'on s'est sauvés, malgré les gueulantes du lieutenant. On courait comme des fous, en rond, tout autour du village. Finalement le lieutenant et les sergents ont réussi à nous rattraper et à nous cogner dessus pour qu'on s'arrête. Il paraît qu'il y a des cas où des légionnaires sont devenus fous devant des spectacles bien pires que celui-là. Je ne sais pas ce que le lieutenant a fait du gamin. Mais parfois il me semble l'entendre encore hurler et je me réveille en sursaut dans la nuit.

« Comme tu vois, la quille sera la bienvenue.

« Je pense bien à vous et au pays.

« Votre affectionné

Aristide »

« Ma chère Victorine,

« Nous revenons d'une expédition sur la rivière Noire. On nous avait entassés dans la grosse canonnière *Bobillot* et nous traînions en remorque une jonque pour nos bagages et nos munitions. Je ne sais pas si c'est le mal du pays qui me prend, mais je ne vois plus ici que choses hostiles et dangereuses. Les jonques que nous croisons, avec à l'avant leurs deux yeux peints et leurs proues relevées, ressemblent à des requins. Tous les villages que nous visitons sont clos de bambous effilés comme des sabres. Les indigènes se protègent ainsi des tigres. Mais leurs vilains chiens maigres sont si hargneux que les tigres, en comparaison, nous apparaissent comme des gros chats ronronnants.

s'est mis à hurler. Mais à hurler si fort que ça a fini par nous donner une véritable panique et que l'on s'est sauvés, malgré les gueulantes du lieutenant. On courait comme des fous, en rond, tout autour du village. Finalement le lieutenant et les sergents ont réussi à nous rattraper et à nous cogner dessus pour qu'on s'arrête. Il paraît qu'il y a des cas où des légionnaires sont devenus fous devant des spectacles bien pires que celui-là. Je ne sais pas ce que le lieutenant a fait du gamin. Mais parfois il me semble l'entendre encore hurler et je me réveille en sursaut dans la nuit.

« Comme tu vois, la quille sera la bienvenue.

« Je pense bien à vous et au pays.

« Votre affectionné

Aristide »

« Ma chère Victorine,

« Nous revenons d'une expédition sur la rivière Noire. On nous avait entassés dans la grosse canonnière *Bobillot* et nous traînions en remorque une jonque pour nos bagages et nos munitions. Je ne sais pas si c'est le mal du pays qui me prend, mais je ne vois plus ici que choses hostiles et dangereuses. Les jonques que nous croisons, avec à l'avant leurs deux yeux peints et leurs proues relevées, ressemblent à des requins. Tous les villages que nous visitons sont clos de bambous effilés comme des sabres. Les indigènes se protègent ainsi des tigres. Mais leurs vilains chiens maigres sont si hargneux que les tigres, en comparaison, nous apparaissent comme des gros chats ronronnants.

Tu me diras que nous ne nous sommes jamais trouvés nez à nez avec un tigre, que nous n'avons même jamais vu l'ombre de sa queue. Mais pourquoi ce peuple met-il partout des choses horribles ? Ses pagodes sont des chapelles à diableries, avec plein de petits vieux gnomes dans l'obscurité. Sa musique est un tintamarre de sons si aigus qu'ils vous font grincer des dents. Tous leurs instruments jouent faux et on dirait même qu'ils jouent faux exprès. C'est à devenir fou. C'est le monde à l'envers. Ils ne mangent pas dans des assiettes, mais dans des petits bols. Ils ne se servent pas de fourchettes, mais de baguettes de bois avec lesquelles ils attrapent leurs aliments. Ils ne s'assoient pas, ils s'accroupissent. Nous avons vu un de leurs chefs qui s'était laissé pousser les ongles d'une longueur inimaginable, au moins vingt-cinq centimètres, comme des sortes de minces lames s'enroulant d'elles-mêmes en spirale et qu'il protégeait avec de grands dés. Un seul de ses dix doigts avait un ongle court, pour qu'il puisse se gratter avec. Est-ce qu'il n'y a pas de quoi dérailler dans un monde aussi fou ? Plus je les regarde, ces magots, plus ils me font penser à des vieilles poupées ratatinées, à des fantômes d'un monde mort... »

Et les lettres continuaient sur ce ton de plus en plus désenchanté. Aux approches de sa première permission, le colonial se laissait de plus en plus envahir par le mal du pays. Il regrettait aussi Saigon qui, vu de ces gourbis tonkinois perdus face aux montagnes chinoises, lui paraissait une ville miraculeuse. Que n'aurait-il pas donné pour retrouver, ne serait-ce qu'un seul soir, les belles routes cochinchinoises au macadam rougeâtre empruntées par des voitures élégantes et même des automobiles. Il revoyait l'animation des rues de Saigon où civils et militaires portaient le même uniforme blanc, les rubans rouges des décorations, les aiguillettes des officiers d'ordonnance, l'or des galons sur les manches et aux collets des costumes. Il n'avait jamais vu d'aussi grande ville que Saigon, ni aussi animée. Fontenay-le-Comte était une petite cité semi-rurale, avec son marché hebdomadaire où la population paysanne apportait directement ses produits : légumes, fruits, animaux de basse-cour ; avec ses grandes foires à bestiaux, son bourrelier, ses sabotiers, ses marchands de grains et de draps. Rochefort-sur-Mer n'était qu'une ville de garnison, sinistre, comme une grande caserne. Jamais le petit paysan du bocage n'aurait imaginé ville aussi vaste, aussi fastueuse, aussi divertissante que Saigon. En existait-il en France de semblables ? Paris peut-être ? Mais vu de la Vendée, Paris lui paraissait aussi loin que Saigon et aussi exotique.

Pour lui, Saigon demeurera toujours la révélation de la ville, de la ville de plaisir. A tel point que, malgré toutes les années qu'il allait vivre au Tonkin, puis au Cambodge, il restera tellement lié à Saigon, où il séjournera finalement bien peu, qu'il sera pour les siens « le Cochinchinois ».

Jamais il n'oubliera les tireurs de pousse-pousse aux jambes nues du boulevard Norodom. Ni les blanchisseurs chinois de la rue Catinat aux joues toujours gonflées par l'eau amidonnée qu'ils expulsaient sur le linge en fine buée, à travers leurs lèvres serrées. Les boutiques chinoises, annamites et françaises du centre de la ville l'émerveillaient. Les facilités de crédit chez les commerçants étaient telles que toute la colonie s'endettait, du simple troufion aux fonctionnaires les plus huppés ; dettes contractées sans trop de souci puisque, en fin de compte, ne pas payer les commerçants indigènes était une faute mais pas un délit.

Dans sa dernière lettre du Tonkin, avant son premier retour en France, notre père parlait d'un sergent français qui avait été tué par les pirates. Il racontait ainsi les choses :

« Ce sergent vivait avec une congaï dans une canha proche de notre cantonnement. C'est l'habitude ici. On achète une congaï, comme on achète un lit, un chien. Ça fait partie du matériel colonial. La congaï est, pour le sous-off, à la fois sa servante et sa bourgeoise. C'est tout bénéfice. On les a trouvés tous les deux embrochés, la congaï sur le corps du sergent. Elle s'était fait tuer en le protégeant de son corps, son Fankouaï. Ce qui prouve que les femmes servent à quelque chose, même lorsqu'elles ressemblent à des singes. »

Je n'osais regarder Odette, atterré. Mais elle fut ce soir-là étonnamment désinvolte :

— Après tout, je ne suis pas tonkinoise, moi, même si on m'a toujours seriné : « Ma Tonkiki, ma Tonkini... » Je suis cambodgienne, tu le sais, ça ?

Non, je ne savais rien. Mais je fis celui qui savait. Il ne me déplaisait pas de découvrir Odette cambodgienne, à cause du temple d'Angkor. Allons, cette cantine de lettres ficelées en petits paquets avait encore beaucoup à m'apprendre.

Ça y est ! La guerre recommençait. Et tout ça par la faute des Anglais, disait la tante Victorine. Ne venaient-ils pas d'attaquer nos navires à Mers el-Kébir, ouvrant le feu sur nos cuirassés *Dunkerque* et *Provence*, coulant le *Bretagne*. Si bien que le Conseil des ministres du maréchal Pétain décidait de rompre nos relations diplomatiques avec l'Angleterre.

– Si les Anglais nous avaient aidés en 39, nous n'en serions pas là, disait la tante Victorine. Mais ils font toujours faire leur guerre par les autres. C'est eux qui nous ont poussés à déclarer la guerre et, après, ils ont attendu les événements bien tranquilles dans leur île. Maintenant ils nous tirent dans le dos. Mais il ne faudrait pas qu'ils nous chatouillent trop les oreilles. Notre armée n'est pas à genoux. Tenez, les enfants (elle appelait toute la famille « les enfants », oncle Hubert et cousin Gaston compris), écoutez ce que je vois dans le journal : « Les soldats ont forcé l'admiration de leurs adversaires, déclare le général von Reichenau, chef suprême des troupes d'attaque sur le front de l'Ouest. » C'est beau, ça, non ? Reconnaître le mérite de l'adversaire. C'est chevaleresque !

– Mais, dit cousine Suzanne qui seule osait interrompre ou contredire sa mère, si les Allemands ne reconnaissaient pas le courage des soldats français, quel mérite auraient-ils eu à les vaincre ?

– Oh ! toi, tu veux toujours avoir le dernier mot. Tenez, écoutez-moi ça : « Hier après-midi, près de Clermont-Ferrand, le général de Lattre passe en revue un de nos glorieux régiments de l'Est. Au cours de cette cérémonie plusieurs officiers, sous-officiers et soldats ont été décorés de la croix de guerre. De la foule montaient les cris sans cesse répétés : " Vive l'armée ! Vive la France ! " » Vous savez qui c'est, le général de Lattre ? C'est un monsieur de chez nous. Il est de Mouilleron-en-Pareds. C'est un de Tassigny. Peut-être bien que nous allons aider les Allemands à finir la guerre contre les Anglais, puisqu'ils coulent nos bateaux.

Cousin Gaston, obsédé par son désir de fumer, mâchonnait sa serviette. Tante Victorine le remarqua :

– Voilà le Berrichon qui confond le chanvre et la galette pâcaude.

Elle ricana sur une note aiguë, sèche, si désagréable que cousin Gaston faillit en perdre ses lunettes. Elle l'appelait toujours le Berrichon. Et bien que la serviette de table soit en coton, elle avait dit chanvre parce que, depuis un temps immémorial, on tissait le chanvre en Vendée et que ce n'était pas une raison, parce que des manufactures étrangères vous inondaient de pièces de coton, de perdre son vocabulaire. De même, à la bourrellerie, on ignorait l'invention du système métrique, les mesures étant faites à la ligne et au pouce. De même ma grand-mère comptait en sou et non en franc : cinq sous, dix sous, vingt sous, quarante sous, cent sous. De même les coupes de bois dans la forêt de Mervent se mesuraient à la corde, la terre s'évaluait en arpents et les distances en lieues.

Nous ne savions pas que nous vivions les derniers moments d'un monde déjà bien ébranlé avant-guerre, mais que les blindés allemands avaient définitivement écrasé, ce monde justement des pieds-pouces, des cordes de bois, des arpents ; ce monde d'avant la civilisation machiniste qui s'était maintenu pratiquement tel quel en Vendée jusqu'en 1940 et qui, virtuellement, n'était déjà plus qu'anachronisme.

Nous ne le savions pas. Mais nous n'étions pas les seuls. Le maréchal Pétain qui prêchait le retour à la terre, les généraux qui exaltaient les vertus de l'armée française, les évêques qui prônaient le retour à la religion, tout ce beau monde était déjà moribond. Nous nous trouvions dans une étrange époque de sursis, une sorte d'entracte de l'Histoire. Rien n'était clair. Chaque jour ajoutait à la confusion. La population du nord de la France avait basculé dans le Midi. Nos alliés de la veille devenaient nos ennemis d'aujourd'hui. Et nos ennemis d'hier se pavanaient dans nos rues, dans leurs uniformes feldgrau, bien élevés, bien polis, tapotant la joue des petits enfants, offrant des cigarettes aux joueurs de palet sur la place Viète, constituant une clientèle facile et payant comptant chez le cousin Gaston.

Le jeune soldat à la croix de fer s'amenait tous les jours à la bourrellerie, demandant des nouvelles de la « mademoiselle » qui ne consentait pas toujours à venir faire la causette. Ce manège m'exaspérait et je ne comprenais pas qu'Odette puisse y prendre goût. Assis sur mon tabouret et occupé à séparer en deux branches un fil coulissant dans un crochet placé au mur, que je roulais ensuite sur la cuisse droite, par légères pressions pour bien l'enduire de poix, tout en évitant de le rouler trop serré ce qui amenait des nœuds, tout en évitant de casser les pointes pour un parfait enfilage, il m'était difficile de me mêler aux rencontres d'Odette et du soldat et d'entendre ce qu'ils pouvaient bien dire. Il n'était évidemment pas question qu'Odette puisse sortir dans la rue avec son soupirant, tante Victorine ne l'eût pas permis; et d'ailleurs l'idée n'en serait sans doute pas venue à Odette tellement elle paraissait alors inconvenante. Non pas inconvenante parce qu'il s'agissait d'un Allemand, mais parce qu'il s'agissait d'un homme.

Le soir venu, je ne pouvais quand même m'empêcher de reprocher à Odette sa complaisance envers ce soldat allemand.

– Bah! me dit-elle, il m'amuse. Et puis au moins, eux, ils ne sont pas racistes!

Manquait dans la correspondance de notre père, et pour cause (à qui l'eût-il écrit?), le récit de son premier retour en France, de sa première longue permission. Manquaient aussi les descriptions de la traversée, alors si longue (quatre semaines) et si inconfortable, mais qui ne semble pas l'avoir incommodé.

Pour combler ce « blanc », les archives de l'ex-ministère des Colonies m'ont encore été précieuses, s'ajoutant opportunément à mes empiriques archives familiales.

Ces transports de troupes coloniales ressemblaient, au début du siècle, à une déportation de forçats. Sur le pont du navire, fait pour cinq cents personnes, douze cents hommes s'entassaient, plus cinquante bœufs et deux cents moutons pour la popote. Dans l'odeur infecte du parc à bestiaux et des cages à volaille, les soldats étaient rangés par escouades, à une place désignée qu'ils ne quitteraient plus de toute la traversée. Qu'il vente, qu'il pleuve, que les vagues en tempête recouvrent le pont, que les nuits soient fraîches et les après-midi torrides, ils resteraient un mois sur le pont, sans abri, à la même place. A sa première traversée, en 1909, mon père ne disposait pas d'eau pour sa toilette, ni pour laver son linge. Mais comme ses camarades il n'avait pas encore pris l'habitude de l'hygiène et cette absence d'eau de lavage, qui nous paraît aujourd'hui invraisemblable, dut lui sembler naturelle. En 1909, sur le pont des bateaux transporteurs de troupes, l'eau douce était si précieuse qu'elle ne se trouvait que dans un tonneau cadenassé. Autour du tonneau, une guirlande de suçoirs en bois permettait aux mille deux cents soldats d'aspirer de temps en temps une gorgée d'eau tiédie par le soleil. En 1912, lors de sa seconde traversée, un bond considérable dans le confort du troupier s'était accompli puisque chaque marsouin recevait tous les matins un litre d'eau pour boire et une fois par semaine quatre à cinq litres pour laver son linge. Mais la rareté de l'eau douce les obligeait encore à se laver à l'eau de mer, sans savon. Des douches collectives avaient néanmoins été installées sur le gaillard d'avant. C'est-à-dire qu'une toile hissée par des cordes improvisait une salle de douches où un matelot arrosait les marsouins au jet, douzaine par douzaine.

Si l'armée se souciait peu de l'hygiène du troupier pendant une aussi longue traversée, elle veillait par contre à la qualité de sa soupe, comme à l'abondance de sa nourriture. Les repas se prenaient sur le pont puisque les marsouins mangeaient, dormaient, jouaient aux cartes, à la même place pendant trente jours. Café le matin; bouillon à midi avec de la viande; bouillon, lard et fromage le soir; parfois deux sardines en supplément. La nourriture était servie dans des baquets de bois gras, sales, souvent moisis et dont les cercles de fer étaient mangés par la rouille. Chaque baquet devait nourrir huit à dix hommes sous la surveillance d'un caporal temporaire qui veillait à la distribution équitable. Chaque baquet disposait en plus d'un homme de corvée qui distribuait le pain et le vin.

Les règlements militaires continuaient imperturbablement à bord : réveil au clairon, revues d'appel, revues de propreté corporelle et d'habillement. Quelles que fussent les conditions d'inconfort, il n'eût pas été toléré que tous les boutons de cuivre des uniformes ne soient pas impeccablement astiqués.

De Marseille à Port-Saïd, le vapeur mettait

quatre jours. A Port-Saïd, première escale, première rencontre avec l'exotisme et les « indigènes » pour les nouvelles recrues, le bateau était pris d'assaut par une nuée d' « Arabes » qui apportaient dans des petits sacs de toile des objets de bazar égyptien de fabrication allemande. Méfiants, curieux, alléchés, les marsouins marchandaient les « souvenirs », surtout dans les trajets de retour vers la France où Port-Saïd représentait l'ultime étape avant l'arrivée au pays. Ne serait-ce que pour épater les bleus, les anciens marchandaient outrancièrement, allant jusqu'à donner quarante sous pour un objet proposé à dix francs et menaçant le colporteur de leur crosse de fusil s'il regimbait. Il arrivait que certains marchands, craignant un pillage complet de leur éventaire par un groupe de marsouins agressifs, sautent par-dessus le bastingage avec leur camelote, préférant une baignade forcée à la ruine.

De Port-Saïd à Suez, il fallait quinze heures. Le bateau glissait lentement dans l'étroit canal entre les déserts de sable. Au loin on apercevait quelques tentes et les silhouettes monstrueuses des chameaux. La terre, l'eau, les machines au ralenti, tout tombait dans un étrange silence qui ne rendait que plus énervants les meuglements des bœufs et les bêlements des moutons sur le pont du bateau. Presque tous fils de paysans et habitués dès l'enfance à la proximité de l'étable et du logis, les marsouins ne trouvaient rien que d'ordinaire à cette cohabitation avec des bêtes qu'ils consommaient à mesure, assistant chaque jour aux abattages et aux dépeçages, dans une odeur de bouse et de sang.

Au sortir de la mer Rouge, les sirènes poussives du vapeur saluaient le drapeau français qui apparaissait au fond d'une rade abritée. Djibouti ! Djibouti, seule escale française entre la France et l'Indochine, seul lieu d'abordage où ne flottait pas le pavillon britannique, se profilait à gauche de l'entrée du golfe de Tadjoura, bordé de hautes falaises, face aux petites îles Maskali et Musha.

La ville symétrique ne datait que d'une quinzaine d'années. Elle comptait déjà treize mille habitants, dont six cents Européens. Une longue ligne de toits rouges ou blancs soulignait le quartier européen que surmontait le promontoire du palais du gouvernement. Autour, en masses serrées, les cases indigènes coiffées de chaume rond emplissaient la presqu'île nue.

Le vapeur mouillait assez loin de la terre mais une ruée d'embarcations diverses le cernait rapidement : gros chalands charbonniers avec des débardeurs noirs de poussier, vedettes automobiles, bateliers somalis. Les marsouins étaient autorisés à descendre à terre et leur transbordement demandait beaucoup de temps, d'ordres hurlés, de bousculades malgré l'habitude de la discipline. Le besoin de se dégourdir les jambes, la curiosité de voir le premier pays « colonial », le fait que l'escale à Djibouti était la seule où les marsouins puissent toucher terre, tout contribuait à une excitation un peu folle après tant de jours somnolents, passifs, résignés.

Entassés dans les grandes barques que des Somalis bronzés, à demi nus, conduisaient rapidement à la rame, les marsouins regardaient avec des yeux d'enfants les boutres peints de couleurs criardes amarrés à une longue jetée. Un steamer anglais, qui faisait la navette avec Aden, obligeait les rameurs à ralentir. Une canonnière, comme ils en verraient tant en Indochine, *Le Pingouin*, désaffectée et remisée dans un coin du port, servait à l'occasion d'hôpital flottant.

Les marsouins mettaient pied à terre en chancelant, comme ivres après tant de jours de houle et de tangage. Une âcre odeur d'algue et de marée les prenait à la gorge. Ils se mettaient alors à respirer, à battre des bras, à gesticuler, à gambader, à courir, se poursuivant en se faisant des croche-pieds comme des gosses à la sortie de l'école. L'odeur des algues et de la marée les revigorait. Ils retrouvaient tout à coup cette odeur d'Atlantique qu'ils avaient perdue depuis Marseille, cette odeur de Bretagne et de Vendée, l'odeur du pays. Ils se mettaient à pousser des cris de plaisir, à chantonner, esquissaient des pas de danse. Mais très vite l'austérité, l'aridité de Djibouti les ramenaient au silence. Cette ville désertique, noire, avait un air terrible. Des caravanes de chameaux, venant d'Éthiopie, les obligeaient à se ranger le long des maisons de boue séchée. Des charrettes attelées à des ânes maigres transportaient des madrépores qui servaient à la construction dans cette ville où les pierres étaient rares. Il n'y avait pas de foule dans les rues écrasées de soleil où des chiens faméliques et des vautours dévoraient les ordures. Mais de temps en temps apparaissaient des Arabes aux longues robes blanches, avec une barbe à collier, qui ressemblaient à saint Joseph; des Indiens bruns, pansus, aux yeux noirs ; des Somalis, grands, osseux, la peau brune, leurs longs cheveux décolorés à la chaux séparés en deux parties par une raie.

Sur le port, des grues déchargeaient des sacs de charbon ou des balles de café (la ville de Moka était en face). Curieusement, les rails du chemin de fer étaient peints en blanc. Des soldats somalis gardaient les installations portuaires, vêtus d'une veste courte, d'une ample culotte aux jambières blanches et coiffés d'une chéchia à gland bleu ciel.

Étourdis par le soleil et le vent brûlant qui leur plaquait du sable grisâtre sur le visage, ahuris par ces hommes étranges et ces animaux fabuleux (chameaux, vautours), la bleusaille rentrait au bateau sans regret, contente de se retrouver dans le troupeau des anciens. Le premier « dépaysement » avait opéré sans douceur.

Les jours suivants, ils ne redescendaient même pas à terre, préférant regarder les barques qui amenaient au bateau du bétail et du poisson frais, s'amusant à jeter des pièces de monnaie aux négrillons qui plongeaient le long du navire, sans souci des requins.

Puis le bateau repartait en franchissant Bab el-Mandeb (que certains traduisaient par Portes de la Mort et d'autres par Portes des Lamentations). A gauche, Aden apparaissait avec ses toits rouges, ses hangars de tôle, son sémaphore sur un piton, son fort aux canons pointés.

La troupe s'assoupissait sur le pont du vapeur jusqu'à ce que quelqu'un, après des jours et des jours d'ennui, s'écrie : « Ceylan ! »

Une masse verte émergeait des flots, fugitive, vite disparue.

La prochaine escale, la dernière avant Saigon, était Singapour (que l'on appelait alors Singapore) où l'on refaisait le charbon. Les marsouins, qui n'étaient pas autorisés à quitter le pont, restaient bouche bée devant la quantité inouïe de navires et l'opacité de la foule chinoise, au loin, dans les rues du port, dont les robes noires se détachaient comme des silhouettes sur les maisons peintes en bleu.

Trois jours et demi après Singapour, apparaissait le cap Saint-Jacques, la plus haute terre de la côte indochinoise avec ses cent quarante-neuf mètres d'altitude. Le vapeur mettait ses machines au ralenti pour entrer dans une des bouches du Mékong et hissait ses pavillons au-dessus de la passerelle. Après les rochers abrupts du cap, apparaissait la riante baie des Cocotiers avec ses jonques de pêche. Les berges s'abaissaient. On naviguait parmi les palétuviers rabougris. A grands coups de barre, le paquebot manœuvrait pour suivre les méandres du fleuve. Le clocher de Saigon apparaissait et disparaissait, salué à chaque fois par les exclamations réjouies des mille deux cents hommes de troupe. La remontée du fleuve durait cinq heures. Aux palétuviers succédaient les rizières aux eaux troubles. Des paillotes, sur la rive, sortaient les premiers petits hommes jaunes.

Mais dès que le vapeur abordait l'appontement de Saigon, il semblait que l'on fût revenu à Marseille. Saigon, de prime abord, semblait une ville française, élégante, avec une foule d'hommes en blanc venus à la rencontre du courrier.

Les marsouins destinés à l'Annam et au Tonkin ne descendaient pas à terre. Le même vapeur allait les remonter vers le nord, lâchant les premiers à Tourane et les seconds à Haiphong.

Odette et moi demandâmes à la tante Victorine si elle se souvenait de cette première permission de notre père, ce qu'il faisait alors en Vendée, ce qu'il racontait.

– Ah ! si je m'en souviens, mes drôles ! C'était en 1912, l'année du naufrage du *Titanic*. Suzanne avait deux ans et elle était déjà bien chétive. Nous habitions encore Saint-Martin en ce temps-là. Je travaillais à la ferme avec Alfred et Hubert faisait cuire ses briques à l'usine. Le défunt Aristide est arrivé dans son bel uniforme, fier comme Artaban. On était bien contents de le revoir, après si longtemps.

– Qu'est-ce qu'il faisait pendant sa permission ?

– Ben ! que voulez-vous qu'il fasse ! Il travaillait à la ferme avec nous. Ça lui remettait les membres en place, depuis le temps qu'il fainéantait avec ses boys. Mais il n'était pas manchot. Le dimanche, il allait au bal et il tournait la tête aux filles.

– Dis, tante, et l'Indochine, qu'est-ce qu'il en disait ?

– Il disait que les gens sentaient mauvais et que les femmes et les hommes étaient tous habillés avec des jupes. Impossible de les reconnaître. Il disait qu'il ne fallait pas s'y fier, sinon on pouvait rester sur le carreau.

– Et le voyage, sur le bateau ?

– De l'eau, de l'eau, toujours de l'eau, qu'il disait. De l'eau à n'en plus finir. Un jour il y avait eu une tempête et tous les soldats du pont (ils devaient bien être un millier) avaient été brouettés par le roulis d'un bord à l'autre, dans un fouillis de bras, de jambes, glissant sur la vomissure ; cependant que les bêtes entravées gueulaient à mourir. D'ailleurs le lendemain ils avaient fait ripaille de viande, pas mal de bœufs et de moutons s'étant étranglés en voulant se désentraver. Il disait : « As-tu jamais vu un millier d'ivrognes, titubant, tombant par terre, dégobillant. Eh bien, c'était nous. » Ça ne devait pas être beau à voir. Il parlait aussi des nuées de sauterelles qui tombent comme de la grêle, des monstres marins, des poissons volants. Il disait que la mer Rouge n'était pas rouge, mais une fournaise bleue. Il disait qu'à Djibouti grouillaient des dockers nus, avec juste un linge autour des reins, comme les christs des calvaires. Il disait qu'on commençait à sentir la Chine à partir de Singapore : une odeur d'église, de cartouche brûlée, de fumier, tout ça mélangé. Il disait qu'on en avait la nausée pendant au moins six mois, puis après on s'habituait.

Le dimanche après-midi, grand-mère crut bon de reprendre le rituel des visites au cimetière, comme nous le faisions avec ma mère du temps où nous vivions à Fontenay-le-Comte. Aucun dimanche ne s'écoulait sans cette approche muette de mon père enterré, invisible sous les gravillons qui recouvraient la tombe. En réalité, depuis que nous nous étions mis à la recherche réelle de notre père, Odette et moi, il nous était infiniment plus présent en nous-mêmes qu'au cimetière. Mais je ne voulais pas peiner ma grand-mère, qui croyait bien faire, et Odette m'accompagnait.

Odette connaissait la tombe. Elle y venait souvent autrefois avec la tante Victorine. Mais nous ne nous y étions jamais trouvés ensemble. La tombe de mon père était si indissolublement liée au culte que lui rendait ma mère (et je savais qu'elle y avait sa place « qui l'attendait », comme elle disait) que je n'imaginais pas possible, mis à part ma grand-mère, une présence étrangère en ce lieu. Mais pourquoi penser « étrangère » à propos d'Odette puisque nous avions le même père, ce père qui justement reposait là, après tant d'errances...

Nous marmonnions une prière et repartions vite de ce lieu sinistre. Nous nous séparions de grand-mère en haut de la rue de la République et montions rapidement l'escalier qui nous conduisait à la place Viète.

Nous y avions déjà nos habitudes, près du grand bassin toujours à sec où les noms des grands Fontenaisiens étaient inscrits sur le rebord. En très grosses lettres : André Tiraqueau, François Viète, Nicolas Rapin. En plus petites : Rabelais, Pierre Lamy, Barnabé Brisson, Julien Collardeau...

J'osai un jour réaborder ce domaine enchanté des livres, que par miracle Odette connaissait donc aussi, surprise si inouïe que j'en demeurai, la fois où elle m'en parla, tout interdit.

– Alors, toi aussi, tu aimes lire ? Comment ça t'est venu ?

– Je t'ai dit, le sana... Toutes ces journées, allongée à ne rien pouvoir faire, sinon ruminer son mal. Les autres filles lisaient. Je me suis mise à lire. J'y ai pris goût. Un jour une de ces dames bienfaitrices qui venaient nous rendre visite voulut faire un cadeau à l'orpheline tuberculeuse qui aimait s'instruire. Elle m'a apporté une trentaine de livres reliés. J'ai lu rapidement les noms sur la tranche : Balzac, Zola, Lamartine, Hugo... D'un seul coup on me léguait une bibliothèque. Je ne savais comment remercier. J'étais rouge de confusion et émerveillée. Puis ensuite j'ai déchanté en regardant les livres de plus près. Tous les volumes étaient dépareillés. Un tome deux de l'*Histoire des Girondins*, un tome premier des *Misérables*. Pas une seule publication en entier. Et, avec ça, obligée de remercier ma bienfaitrice à chaque fois qu'elle faisait sa visite au sana. Un jour, je me suis enhardie à lui demander l'origine de ces livres, histoire de voir si elle pourrait récupérer les volumes manquants. Elle me répondit qu'il s'agissait d'un héritage fait par son frère et elle et qu'ils avaient scrupuleusement partagé le lot par moitié. Tu vois ça, chacun son Zola, chacun son Balzac, chacun son Lamartine, sans se soucier, ni même sans doute s'apercevoir qu'un même titre, qu'un même auteur, ça ne se coupe pas en tranches, comme du saucisson. J'ai vite compris qu'elle n'avait jamais lu un livre de sa vie. Eh bien, moi, je les ai lus dépareillés. Ça m'a fait des morceaux choisis.

J'avouai à Odette que ma mère m'avait donné à lire Pierre Loti et Pierre l'Ermite. Mais que j'avais rencontré tout seul Jean-Jacques Rousseau ; que j'avais lu une dizaine de livres de Jules Verne ; presque autant de livres de Victor Hugo ; que j'aimais *David Copperfield, Le Robinson suisse, Les Mystères de Paris* et *Le Roman d'un spahi.*

Odette me parla de livres que je ne connaissais pas : *Ondine* de Giraudoux, *La Possession du monde* de Georges Duhamel, *Terre des hommes* de Saint-Exupéry. Quelle aubaine ! L'une des grandes difficultés pour l'autodidacte est l'absence de points de repère, la carence de critères qualitatifs, le manque d'échanges, l'absence de discussion. L'autodidacte plébéien avance seul, se vautrant dans la pléthore des titres, voulant tout lire, lisant tout, le meilleur et le pire. A seize ans, ma boulimie de lecture m'avait fait dévorer tout Racine, tout Corneille, mais aussi Max du Veuzit et Georges Ohnet. Il ne me paraissait pas incongru de passer sans transition de *La Divine Comédie* à *Ben Hur* et des *Lettres persanes* à *Mon curé chez les riches*.

Odette s'aperçut vite de cet embrouillamini, et entreprit d'y mettre de l'ordre. Elle était passée par là. Ou bien l'autodidacte sombre dans le déluge des titres, ou bien il découvre, par hasard, comme le reste, qu'il existe des histoires de la littérature, des études littéraires, toute une méthode. J'y parviendrais plus tard, mais pour l'instant Odette fut mon premier mentor. Et pour qui, perché dans un des grands marronniers de la place Viète, eût pu nous voir et nous entendre, le spectacle eût été sans doute singulier de nous observer, allongés dans l'herbe courte, petits prolos sans instruction, sans métier, sans avenir, discutant de livres et d'auteurs avec une telle passion que l'on eût pu croire à des disputes d'amoureux.

Nous nous interrogions aussi sur ce que notre père avait bien pu lire. Enfant, j'avais trouvé deux livres lui appartenant, dans le grenier de la maison de mes grands-parents : la *Chanson de Roland*, *L'Évolution de la terre et de l'humanité*. Le second livre, sorte d'encyclopédie très didactique des origines du monde, était le livre type de l'autodidacte. Mais la *Chanson de Roland*, dans sa version originale en français du XIIe siècle, l'avait-il vraiment lue et comment ce vieux livre lui était-il parvenu ? Ces deux bouquins constituaient de bien faibles vestiges de l'hypothétique culture livresque de notre père. Mais pour nous, qu'il aimât lire ne souffrait pas discussion.

Glissée dans la *Chanson de Roland*, je me souvenais d'une enveloppe oblitérée, adressée à ma mère, qui, pendant longtemps, constitua pour moi le seul souvenir tangible de la fabuleuse Exposition coloniale. Le timbre de 50 centimes, rouge brique, commémoratif de l'Expo, montrait en effet le profil d'une tête de négresse à l'opulente chevelure, femme Fachi du Niger, avec en toutes lettres, très Arts Déco 25, ces mots qui me conduisaient dans le monde exotique de mon père : *Exposition Coloniale Internationale. Paris 1931.*

Combien avons-nous vécu de dimanches après-midi ensemble, en ce seul été 1940 ? Pas plus de huit. Et pourtant comme ils me semblent pleins.

Toute notre vie commune, à Odette et à moi, est contenue dans ces deux mois. Je l'emmenai dans les lieux familiers de mon enfance, comme si j'avais eu à lui faire découvrir ma petite ville sans réfléchir qu'elle était aussi la sienne. Mais nos itinéraires différaient. La fontaine des Quatre-Tias et son inscription de Rabelais si chargée pour moi d'une force poétique la laissaient indifférente. Sur le pont des Sardines, elle regardait couler la Vendée sans que cela parût lui évoquer quoi que ce soit. Par contre, elle aimait beaucoup, elle aussi, et la place Viète et le chemin du halage qui débouchait brusquement dans des prairies fleuries de scabieuses et de trèfles roses.

Nous jouions à nous poursuivre, à nous rouler dans l'herbe. Mais très vite ses pommettes rosissaient. Elle s'affalait, essouflée, courbée en deux par une quinte de toux.

Je m'inquiétais :

– Tu tousses !

– Mais non, j'ai avalé de travers.

Odette était un peu voûtée, ou plutôt, les pneumothorax lui avaient affaissé une épaule. Cette dissymétrie lui donnait un air fragile qu'elle amplifiait par cette habitude frileuse de se serrer les épaules des deux mains, les bras croisés sur sa poitrine.

Nous restions étendus dans l'herbe, serrés l'un contre l'autre, regardant dans le ciel la course des gros nuages blancs. Sans rien dire.

Seul, l'humour avait parfois raison de notre pudeur. Comme lorsque tante Victorine nous demandait de plier les draps qui revenaient de la lessive et que nous le faisions avec un cérémonial qui ressemblait à une danse, tirant les draps par petits coups secs, pour défaire les plis, et nous embrassant à chaque fois que nous étions ramenés l'un vers l'autre par le pliage. Le rouge à lèvres d'Odette finissait par me faire tout un maquillage sur les joues. Nous nous en amusions si fort que tante Victorine venait voir ce qui se passait et nous reprochait de trop nous embrasser :

– Qu'est-ce que vous avez, à vous biser comme ça ? Ça rime à quoi ? On s'embrasse une fois par semaine le dimanche, avant la messe, ça suffit bien.

Nous pouffions de rire dès que tante Victorine disparaissait et Odette, de ses lèvres, me barbouillait encore plus le visage, malgré mes cris.

Je lui demandais :

– Est-ce que tu as un bon ami ?

Elle répondait, mutine :

– Si je te dis oui, tu seras jaloux.

Elle savait bien que j'étais déjà jaloux du jeune soldat allemand à la croix de fer.

Elle me disait :

– Tu connais Gavroche ?

– Gavroche ? Dans *Les Misérables* de Victor Hugo ?

– Oui, tu lui ressembles. Tu es un petit Gavroche. Je t'appellerai Gavroche, désormais.

Et, d'une bourrade, me faisant tomber à terre par surprise, elle ajoutait :

Le nez dans le ruisseau
C'est la faute à TON *Rousseau.*

Les lettres suivantes nous parlaient de la réinstallation de notre père au Tonkin ; de la baie d'Along avec ses gigantesques pierres debout sortant de la mer, des mines de Hong-Haï, où des milliers d'Annamites et de Chinois extrayaient des blocs de charbon transportés par des files interminables de coolies ; du village du papier que l'on allait visiter aux portes de Hanoi au terminus du tramway électrique. Toute la population du village était occupée à fabriquer du papier, en plein air, sous des abris de palmes. Le sol, déformé à coups de pilon, suintait d'une eau boueuse que les femmes tamisaient dans des plateaux à claire-voie.

Les rues d'Hanoi, disait notre père, puaient. Aux odeurs d'excréments se mêlaient les parfums lourds de l'opium, de l'encens, du santal. Cette odeur d'encens agaçait les marsouins qui, inconsciemment sans doute, recevaient comme une profanation ce parfum d'église répandu dans ces rues païennes. Aussi dispersaient-ils à coups de godasse les bâtonnets fumants plantés dans le sol.

Les rues d'Hanoi bruissaient de toute une activité frénétique de marchands ambulants : vendeurs de graines de lotus, de canne à sucre, de sapèques de pâte sucrée aux graines de sésame, de riz à la guimauve, d'olives confites, de soupe de poumon de buffle, de raviolis à la pâte de riz. On voyait des chiens cuire sur de la braise, des coiffeurs en plein air nettoyer les oreilles et les dents de leurs clients avec de fines tiges de bambou.

Accroupis dans la boue, des vieillards en haillons, à la face ratatinée brûlée par l'opium, semblaient des momies desséchées au soleil.

Après un bref séjour à Hanoi, notre père reprit la direction du haut Tonkin, sa compagnie étant transportée cette fois-ci par chemin de fer. Par la portière du train qui, de Haiphong, rejoignait les « Portes de la Chine », il regardait le paysage désolé, ses collines arrondies, sans arbres, peu habitées. Des rizières occupaient les rares espaces horizontaux. Parfois, des troupeaux de canards, surveillés par des gardiens, couvraient des champs entiers qui paraissaient matelassés de plumes. De lourds papillons noirs voletaient autour des wagons.

La compagnie descendit à une gare qui paraissait en rase campagne. Mais aussitôt à terre, on apercevait le drapeau français accroché en haut d'un mirador perché sur quatre échasses de bambou. Des casemates, qui servaient de caserne, se glissaient entre des aréquiers faméliques et des cocotiers empanachés. Notre père allait rester toute l'année 1913 dans ce poste isolé, insalubre, exposé aux incursions des pirates.

La France négligeait de plus en plus l'Indochine, se préparant à sa guerre européenne. Il faut dire que, comme d'habitude, il n'existait pas d'événements en Indochine, à peine des incidents. Depuis trente ans nos troupes poursuivaient le De Tham et ses pirates sans aucun succès. A croire que ce démon, qui passait son temps à passer et à repasser la frontière chinoise, poursuivi d'un côté par les casaques rouges, de l'autre par les uniformes bleus, était le loup-garou en personne.

Les pirates ne manquaient pas d'audace. On en captura sept dans une jonque, tout près d'Hanoi, sur le fleuve Rouge. Mais les pirates ne se découvraient jamais pour ces batailles rangées auxquelles légionnaires et marsouins étaient préparés. Ils arrivaient une nuit, dans le plus absolu silence, tuaient et repartaient sans que personne ne les aient vus. C'est ainsi que l'on trouva en cette seule année 1913 le douanier Bellie assassiné à Trung-Ha, l'ingénieur Delboca assommé à coups de bâton, M. Manu, prospecteur à Ngân-Son, tué à coups de pelle et de pioche, sa congaï et leur enfant poignardés.

Les marsouins partaient de leur cantonnement en catastrophe, marchaient de jour et de nuit dans la brousse, et lorsqu'ils arrivaient au lieu du crime, il ne leur restait plus qu'à creuser un trou pour la victime, planter une croix de bois sur la tombe refermée et tirailler dans les arbres d'où tombaient des singes.

Singes pour singes, on se vengeait comme on pouvait.

Tout cela n'était finalement que de la routine. Nouveauté par contre pour notre père, qui l'émerveillait, dont il parlait avec une si naïve satisfaction : ses galons de caporal :

« Je dispose dans la chambrée d'un lit isolé par un rideau suspendu à une tringle. On m'a aussi attribué une armoire fermant à clef. Je peux sortir le soir avec les sous-officiers puisque j'ai maintenant une permission permanente de dix heures. »

Mais ce qui l'étonnait le plus, ce qui lui paraissait une extravagance, mais ce que, en même temps, visiblement, il recevait comme une marque de promotion sociale, c'était son accession aux bains-douches : « Les caporaux sont envoyés aux bains-douches comme les sous-officiers. »

Il commence à parler en « ancien », en vieux colonial, confirmé dans cette « ancienneté » par le fait qu'il soit délivré de ces éruptions de peau causées par la chaleur et la transpiration abondante qu'il appelle la *bourbouille* et qui tourmente tous les « bleus ». Il crâne :

« Une bonne ceinture de laine pour se garantir le ventre, surtout pendant la nuit et des comprimés de quinine, avec ça on est paré. Il n'y a pas de meilleur médicament, si ce n'est notre amie l'absinthe. »

Un mot revient souvent dans ses lettres, mot qui m'était très familier car ma mère l'employait si souvent que je le croyais d'un français courant : cagna. (Notre père l'écrit canha, à la manière annamite, qui est le terme pour maison.) Les militaires avaient fini par dire cagna pour tout abri.

« Les Thos ont en général deux canhas, l'une dans la vallée qu'ils cultivent, l'autre dans les rochers où ils cachent leurs récoltes par crainte des pirates. Ces canhas en bambou, recouvertes de paillotes, n'ont qu'une seule pièce. Ils font leur cuisine dans des petites marmites, le feu étant allumé sur une dalle de pierre. Pas de lit. Ils couchent sur le plancher qui est fait de gros bambous écrasés. »

Maintenant qu'il est un vétéran, un rengagé, il devient plus observateur des mœurs indigènes. A ses débuts à la colonie celles-ci lui paraissaient si extravagantes qu'il ne pouvait que les rejeter en bloc comme autant de singeries. Il les perçoit toujours comme une sorte d'agression faite à ses habitudes, mais il commence à faire un petit effort pour les comprendre. Les premiers qu'il observe avec, sinon sympathie, en tout cas affinité, ce sont les *nha qué,* ces étranges paysans qui passent leur vie à patauger dans la boue des rizières. Des trois monopoles français qui pressurent la vie annamite : l'alcool, le sel et l'opium, c'est celui du sel qui lui réveille des souvenirs enfouis au plus profond de sa culture populaire et presque oubliés. Il s'en inquiète et en parle dans les lettres avec son frère Alfred. Celui-ci lui répond qu'il existait en effet jadis en Vendée un impôt du sel qui s'appelait la gabelle et « qu'on s'est beaucoup tués pour ça ». Comme la principale industrie indochinoise est le poisson séché ou salé, le sel est non seulement monopolisé par le pouvoir colonial mais il coûte légalement trois fois plus cher que le sel de contrebande. Ceux que l'on appelle les « pirates » ou les « bandits » sont, entre autres choses, des faux-saulniers. Que l'on se tue pour le sel en Indochine, comme on s'est tués pour le sel en France et qu'il porte cet uniforme bleu, qui fut si longtemps en Vendée la couleur de la répression, le rendent soudain mal à l'aise. La correspondance qui s'ensuit avec son frère est confuse, l'un et l'autre arrivant mal à dégager des souvenirs historiques incertains. Mais notre père raconte que le monopole de l'alcool conduit à pousser les indigènes à la consommation, obligation étant même faite à chaque village d'acheter telle quantité d'alcool par tête d'habitant. Les villageois qui n'obtempèrent pas ou ceux qui n'arrivent pas à payer sont punis de travaux forcés et l'on voit sur les routes du Tonkin de longues processions de prisonniers, où les femmes et les enfants sont plus nombreux que les hommes, ces derniers ayant la détestable propension à préférer la piraterie au bagne.

Son complexe de supériorité reprend néanmoins vite le dessus. Il dit qu'il est difficile de ne pas s'emporter contre les boys qui sont menteurs et paresseux ; que les coolies sont peu sûrs, presque toujours affiliés aux inquiétantes sociétés secrètes chinoises ; que la musique annamite est à se gondoler de rire ou à hurler au fou ; que leur nourriture n'est pas une nourriture de chrétiens puisqu'ils mangent du chien et du rat, et qu'à la place des ciboulettes ils mettent des larves de mouche dans leurs omelettes.

Après les journaux, reparus, les émissions radiophoniques rétablies le 7 juillet diffusaient de nouveau des informations et de la musique. Tante Victorine n'avait pas de poste de radio, mais le bandagiste, dont la boutique faisait face à la bourrellerie, lui assura avoir entendu aux émissions anglaises un général français, dont il ne se souvenait plus du nom, récuser l'armistice et appeler à la continuation de la guerre.

– Il en a du toupet, celui-là, disait tante Victorine. Brailler dans le poste chez les Engliches alors que ces salauds-là viennent de nous tuer et de nous blesser des centaines de marins à Mers el-Kébir. Vous avez vu ça, dans le journal. Une honte !

Mais une autre nouvelle retint beaucoup plus notre attention, à Odette et moi. Les trains étant remis en service, les réfugiés allaient pouvoir retourner chez eux. Réfugiés, ne l'étions-nous pas aussi ? Et si toutes les choses rentraient dans l'ordre, il nous faudrait repartir, reprendre moi mon travail de manutentionnaire à Nantes et elle celui d' « infirmière » dans son sana de la région parisienne. Cette découverte soudaine que nous pouvions être brutalement séparés, et dans un bref délai, nous bouleversa. Tout occupés de nous-mêmes et de notre père que nous ressuscitions lentement, comme si nous avions l'éternité devant nous, il ne nous était pas venu à l'idée que nous nous trouvions en quelque sorte en vacances puisque notre liberté ne comportait pas à l'avance de limite dans le temps, que l'état de guerre, et surtout l'effondrement du pays, nous avaient placés dans un contexte très particulier de « temps ouvert », indéterminé. Et voilà que ce temps ouvert allait inéluctablement se refermer ! Déjà ! Que n'avions-nous mis plus de hâte à dépouiller la correspondance de notre père ! Se pourrait-il que nous puissions interrompre soudain notre lente et si prégnante découverte ? Tante Victorine nous abandonnerait-elle les paquets de lettres ? Et même en ce cas, comment les lirions-nous ? Séparés ? Cette seule idée de séparation nous fit soudain très mal. Odette, toujours si enjouée, désinvolte, et dont j'aurais pu penser qu'elle ne partageait pas le débordement d'affection qui me poussait vers elle, si je n'avais surpris tant de fois la brillance humide de ses yeux, tomba dans une sorte de prostration. Le jeune soldat allemand à la croix de fer se fit vertement rabrouer.

Le soir, sur nos hauts lits de couettes parallèles, étendus sur le ventre comme à l'accoutumée, nous nous acharnâmes à trouver une solution de rechange. Rester à Fontenay-le-Comte était impossible, nous n'y avions pas de travail, ne pourrions pas en trouver et ni ma pauvre grand-mère ni la tante Victorine (qui n'était pas pauvre mais qui avait des principes) ne pourraient nous prendre en charge.

– Et si je t'emmenais avec moi ? dit Odette.

L'aventure entra aussitôt dans notre pièce sombre, à grand fracas. Stevenson, Walter Scott, Fenimore Cooper arrivèrent à la rescousse. Puis, plus réalistes et plus appropriées, les *Scènes de la vie de bohème* de Murger. J'irais vivre à Paris avec Odette ; nous logerions dans une mansarde ; je travaillerais comme porteur aux Halles ; et le dimanche nous irions au café-concert.

– Oui, bien sûr, tu ne réponds pas. Tu es mineur et ta mère ne voudra jamais.

Pourquoi n'avais-je pas répondu oui d'emblée ? Mais toujours je me laissais aller à des rêveries qui prenaient le pas sur le réel et, lorsque j'essayais de rattraper ce tangible que je m'étais attardé à regarder passer, il était souvent trop tard.

Odette avait pris mon silence pour un refus alors que je m'étais déjà installé avec elle dans une chimérique vie de couple. Elle reprit, d'un ton amer :

– Si tu n'oses jamais, tu resteras toute ta vie manœuvre. Tu seras un lapin de chou, comme ta mère. Regarde comme notre père n'avait peur de rien.

J'avais envie de pleurer. Mais à quoi aurait servi maintenant d'essayer de lui expliquer mon mutisme ? Et il était bien vrai aussi que ma mère m'attendait, qu'elle avait besoin de moi, que sans mon maigre salaire elle ne pourrait vivre seule à Nantes.

Odette avait retiré un nouveau paquet de lettres de la cantine militaire. Je me rapprochai d'elle, à plat ventre sur le même lit, nos têtes se touchant afin de pouvoir lire ensemble les mêmes mots, au même moment. Nous nous arrêtions parfois dans notre lecture pour commenter des passages. Nous aimions la bonne humeur et l'humour de notre père. Lorsqu'il écrivait, par exemple, à son frère :

« Tu n'imagines pas la chaleur qu'il fait l'été, au Tonkin. Si tu soulèves ton casque pour saluer une dame, dans la rue, tu tombes raide mort. On appelle ça le coup de bambou. Heureusement il n'y a pas ici une seule dame à saluer. Et pour le salut militaire, la providence a prévu de ne pas enlever sa coiffure. »

Qu'aucune femme indigène ne puisse être considérée comme une dame entrait tellement dans le contexte du temps qu'Odette elle-même ne s'en offusquait pas.

Mais parfois, souvent, son ton devenait trop grinçant, trop méprisant. Ce monde jaune, incompréhensible, l'horripilait. Il en détestait l'odeur qu'il disait un mélange de fiente de poule et de patchouli. L'incessante agitation des foules annamites et leurs cris l'exaspéraient :

« On les voit toujours affairés, accoutrés dans leurs robes de femme, ridicules. Non seulement ils ont des voix de singe, mais encore ils en ont la queue, ces longues nattes qu'ils se font avec leurs cheveux et qui leur pendent dans le dos. »

Il faut dire que la situation en Indochine devint soudain très tendue, en 1913. Après avoir refusé de « payer l'impôt aux Français » des milliers de paysans tonkinois se massèrent devant la résidence de l'administrateur, à Hanoi. On envoya les tirailleurs brûler leurs villages et les lettrés qui protestaient furent déportés à Poulo Condor. En mars, un complot éventé à Saigon permit de découvrir huit bombes artisanales placées près de monuments publics. Un bonze, Phan Xich Long, conduisit à l'assaut de Cholon ses partisans vêtus de blanc. Tous furent capturés et exécutés. Mais un nouveau complot, découvert en Cochinchine en mai, amena l'arrestation de nombreux professeurs et instituteurs qui pourtant, disait notre père, « nous doivent tout ». A Hanoi une bombe, jetée à la terrasse du Hanoi-Hôtel à l'heure de l'apéritif, fit deux morts et de nombreux blessés. Réflexion de notre père : « Ce pays devient de plus en plus impossible. On ne peut même plus y boire notre absinthe tranquilles. »

Suite à la bombe du Hanoi-Hôtel, cent vingt arrestations, quatorze condamnations à mort, une aux travaux forcés à perpétuité. A Saigon, comme à Hanoi, des têtes coupées plantées au sommet de tiges de bambou étaient exposées dans les rues.

Dans ce contexte la mort du De Tham, pourchassé depuis trente ans, devenu personnage légendaire, passa presque inaperçue. Ce « bandit » avait trouvé plus bandit que lui en la personne de deux émissaires chinois qui s'enrôlèrent dans sa bande, le tuèrent pendant son sommeil à coups de pioche, et apportèrent au résident de Nha-Nam sa tête tranchée au coupe-coupe en échange d'une prime si mince qu'ils se crurent autorisés à protester. Ce qui leur valut leur expulsion immédiate vers la Chine.

Isolé dans son poste perdu dans la brousse tonkinoise, immobile au milieu de tant de remous, ne recevant les nouvelles des troubles qu'avec beaucoup de retard et toujours d'inquiétantes déformations, beaucoup de lettres n'étaient plus que de brefs billets où l'on sentait la lassitude et une exaspération avivées par des crises de plus en plus violentes de dysenterie.

Odette s'en inquiétait comme si elle eût notre père en charge à l'hôpital : « Il ne faudrait pas qu'il boive tant d'eau de Seltz. Ces coloniaux, ils croyaient que leur absinthe tuait tous les microbes. Et ils mettaient dedans des morceaux de glace pleins d'amibes. C'est de ça qu'il est mort, tu sais. La tuberculose, on aurait pu la soigner. Mais tous les médicaments qu'on lui donnait partaient en diarrhée. »

Dans un coin de la bourrellerie, masqué par un amoncellement de licols, de mors, de bridons, de grelottières et de muserolles, j'aperçus un long rostre dentelé, d'un mètre de long, qui m'intrigua. Interrogé, cousin Gaston avoua ne pas en savoir l'usage. Odette, consultée, n'eut pas la moindre hésitation. Il s'agissait d'un éperon nasal de poisson-scie. Étrange présence que cette pièce anatomique digne d'un musée d'histoire naturelle dans cette boutique d'artisan et qui paraissait avoir échoué là sans que personne ne s'en fût aperçu. Tante Victorine, alertée, vint voir l'objet et s'esclaffa :

— C'est toujours le défunt Aristide. Il nous en a fait, des beaux cadeaux, des jardinières et des brûle-parfum en cuivre... Mais il lui arrivait aussi de rapporter plein de saloperies qu'on n'a jamais jetées pour ne pas lui faire de la peine. En cherchant bien, tu pourrais en trouver dans toutes les écuries de tes cousins : des cornes, des dents, des os de je ne sais quoi.

Ainsi le Cochinchinois ensemençait la famille de son exotisme. Mais toutes les graines ne levaient pas.

Il faut dire que l'attention de la famille, comme des autres Fontenaisiens, se portait plutôt sur les événements du jour. Dans cette période floue, entre l'armistice et la future occupation institutionnalisée, les nouvelles étaient aussi rares que le bobard florissant. *L'Ouest-Éclair* et *Le Phare de la Loire* paraissaient avec des blancs, ce mitage de la censure qui faisait dire à la tante Victorine :

– Voilà maintenant qu'ils nous font payer le papier blanc au prix de l'imprimé.

Une affiche, collée près de la mairie, nous montrait un marin français se noyant en pleine mer tout en brandissant un drapeau tricolore. Texte explicatif : « N'oubliez pas Mers el-Kébir. »

La France qui, selon la presse, portait « le deuil de vingt et un ans d'illusions » relevait le défi. On nous informait que des avions français venaient, à leur tour, d'attaquer des navires anglais à Gibraltar.

On apprenait rétrospectivement que, le 23 juin, le chancelier Hitler venu à Paris « se rendit tout d'abord à l'Hôtel des Invalides et descendit dans la crypte de Napoléon où il médita longuement devant le tombeau de l'Empereur ». Une prime de démobilisation de mille francs était allouée à nos poilus. On pouvait lire dans *Le Phare de la Loire, de Bretagne et de Vendée* le nouveau feuilleton de Max du Veuzit : *Le Vieux Puits*.

Finalement tout semblait aller pour le mieux. Les Allemands n'occupaient qu'une fraction du territoire français et, dans la zone nono, notre armée « blessée mais invaincue » ne cessait de défiler devant ses généraux et son maréchal. Tous nos chefs de guerre étaient d'ailleurs mobilisés pour cette croisade de la renaissance française que lançait le maréchal Pétain : Jeanne d'Arc bien sûr, mais aussi Vercingétorix :

« Devant Vercingétorix, symbole de l'unité nationale, une émouvante prise d'armes a eu lieu hier à Clermont », pouvait-on lire dans le journal.

Et voilà que les évêques reprenaient eux-mêmes en main leur troupeau :

« Mgr Rodié, évêque d'Agen, déclare que le relèvement moral de la France ne sera réalisé que par l'action catholique organisée, disciplinée et conquérante. »

« Trop de Français étaient dans l'incapacité de croire. C'est une des raisons de notre défaite, déclare Mgr Piguet, évêque de Clermont. »

Tante Victorine exultait :

— On l'avait pourtant dit et redit que l'école sans Dieu menait à l'abîme !

Jamais la presse n'avait été aussi optimiste qu'en ce temps-là. Il semblait que toutes les conditions soient enfin remplies pour que la concorde s'instaure entre des Français trop longtemps désunis ; pour que la morale, l'ordre et la prospérité s'installent parmi nous. Un million quatre cent mille prisonniers attendaient dans des camps leur transfert en Allemagne ; des centaines de ponts étaient détruits ; les chemins de fer ne fonctionnaient plus ; sans essence, autos et camions restaient dans les garages ; trois millions de Parisiens et une bonne partie de la population du Nord et de l'Est avaient déferlé sur le Sud et le Sud-Ouest dans un exode sans précédent ; les vivres étaient sur le point de manquer... Mais les journaux, réduits pour la plupart à une feuille recto verso, entonnaient des hymnes à la joie, à l'espérance et au patriotisme béat. Qu'importe qu'il n'y eût plus d'essence ni de mazout, on allait rouler au gazogène. « Nos belles forêts de France, déclaraient avec ravissement les journalistes, fourniront le combustible, c'est-à-dire le charbon de bois. »

Un entrefilet dans la presse passa pratiquement inaperçu, personne ne connaissant ce militaire :

« Le général de Gaulle a été condamné à quatre ans de prison par le Conseil de guerre de la 17e région et à cent francs d'amende pour violation de la loi sur la presse, pour refus de s'être présenté, refus d'obéissance devant l'ennemi et excitation de militaires à la désobéissance. »

« Le gouvernement compte sur la classe paysanne pour sauver le pays. »

On en revenait toujours là. La religion et la paysannerie redevenaient les deux mamelles de la France. Quelle revanche ! Tante Victorine était aux anges :

– Ah ! les bouseux, les culs-bénits, les péquenots, on est bien content de les trouver, au jour d'aujourd'hui... Avant la guerre, il n'y en avait que pour leurs usines, que pour leurs fonctionnaires. Nous, on était les innocents de village, les Bécassines, les mal dégrossis. On laissait mourir la terre et le *pésant* avec. Tiens, mes drôles, si le défunt Aristide avait vécu de notre temps, il n'aurait pas eu besoin de s'engager et d'aller attraper la maladie chez les sauvages.

Les lettres de notre père le montraient ressuscité. Muté au Cambodge, il échappait à son pourrissoir tonkinois. L'attrait du nouveau, un climat meilleur, tout concourait à redonner à sa correspondance un ton allègre. De Saigon à Phnom Penh un service régulier de mouches à vapeur assurait les liaisons. Le bateau passait très près des rives du Mékong, si près que l'on pouvait y voir des soldats en vêtements de toile blanche faire leur promenade du soir et entendre leurs accents breton, vendéen, charentais. Puis, au fur et à mesure que l'on s'éloignait de Saigon, le rivage devenait opaque avec ses hauts bambous, ses manguiers, ses cotonniers, ses aréquiers. Des hérons et des pélicans pataugeaient dans les bancs de boue. La fin de la Cochinchine s'annonçait par une disparition des plaines basses, une végétation plus abondante et un climat plus sec. La brousse cambodgienne était si opaque que l'on eût pu croire le pays inhabité, si des foulées, comme des traces de cheminements de fauve, ne dénonçaient la présence de villages dont on apercevait au loin, au milieu de manguiers et de palmiers à sucre, les pagodes au triple toit de tuiles rouges et à bordure dentelée se relevant aux extrémités en forme de trompe d'éléphant.

Le Cambodge présentait un visage plus aimable

que le Tonkin, plus riant dans sa végétation, plus agréable dans son climat. Ce contraste donne aux lettres de notre père, postées à Phnom Penh, une écriture éveillée.

« Ma chère Victorine,

« Phnom Penh est une grande ville de soixante mille habitants, mais avec seulement un millier d'Européens. Là encore les Chinois sont nombreux. Pas un marchand n'est cambodgien, tous sont chinois. Depuis l'année dernière, les Chinois ont coupé leurs tresses. Contrairement aux Annamites, les Cambodgiens ont des cheveux courts, ni tresse ni chignon et aussi bien les femmes que les hommes. Ça fait tout drôle de voir des indigènes qui ressemblent plus à des hommes qu'à des singes.

« Enfin, ça y est, j'ai vu les tigres et les éléphants. Tu pourrais regarder comme moi les tigres, sans danger, au jardin public, où ils dorment bien sagement dans des cages. Quant aux éléphants, ils sont aussi naturels ici que les vaches chez nous. Le roi ne voyage qu'à dos d'éléphant. Près du palais royal, on voit sur la route les larges empreintes de la promenade quotidienne de ces énormes bêtes. On trouve, à l'intérieur du palais, un éléphant sacré que les Laotiens ont offert à Sisowath et qui est tout blanc. Du moins, les indigènes le disent blanc. Je l'ai vu, il ne m'a pas paru plus blanc que les autres, qui sont plutôt gris souris. Mais s'ils veulent le voir blanc, ça les regarde. Moi, j'ai acheté au bazar un petit éléphant vraiment blanc, en marbre, agenouillé comme ils le sont au repos. Je ne sais pas pourquoi, je l'aime beaucoup. Il tient dans ma main. La pierre est froide comme l'eau de chez nous. »

Notre père est content de retrouver une grande ville où tant de choses sont à voir, à découvrir. Tant de surprises ! Phnom Penh n'a pas la séduction trouble de Saigon. C'est une cité plus provinciale, beaucoup moins peuplée, moins bruyante. Une ville lacustre, coupée de multiples canaux où glissent sans bruit des barques chargées de légumes et de fruits. Dans les rues droites, où circulent des bicyclettes, des charrettes à bœufs bossus, des victorias, et un seul autobus à dix places tout juste mis en service par des Chinois, des colporteurs de thé chaud et des restaurateurs ambulants s'annoncent par un bruit sec : deux lattes de bambou frappées l'une contre l'autre. Les marchands de soupe au vermicelle, avec leur longue perche sur l'épaule, semblent se tenir en équilibre sur un fil, comme des funambules.

Mais ce spectacle populaire, commun à toute l'Asie, retient moins l'attention d'Aristide le Cochinchinois que le palais royal et ses abords dont il admire la magnificence. Devant la pagode aux dalles d'argent, avec la statue de Norodom en or, grandeur nature, portant les bijoux et les diamants du défunt roi, il montre le même étonnement craintif que, jadis, lorsqu'il apercevait le riche intérieur des maisons chinoises dans les rues de Cholon. La richesse tape-à-l'œil du palais royal qui domine la ville, avec ses pyramides à clochetons, l'escalier creusé dans la colline et orné de statues copiées sur celles d'Angkor, la statue équestre de Norodom et le monument polychrome à Sisowath, tout cela l'émerveille.

Ce qu'il ignore (mais son émerveillement eût-il été moindre ?) c'est que la statue équestre de Norodom n'est, en fait, qu'une ancienne statue de Napoléon III, désaffectée par la République et à laquelle, avant d'en faire l'envoi de Paris à Phnom Penh, on a remplacé la tête de l'Empereur des Français par celle du roi du Cambodge. Quant au monument à Sisowath Ier, alors roi septuagénaire en exercice, toujours vêtu de blanc à l'européenne, il associe autour du monarque la représentation des danseuses sacrées à celle d'un troupier français du futur style monument aux morts.

Lorsque notre père parle, dans ses lettres, de toutes ces merveilles, il en fait néanmoins une curieuse transcription à travers le moule de sa culture paysanne. Des sept parasols royaux qui surmontent le phnom (la pagode), il dit que ce sont des « boudins », et il compare la flèche à une « sonnette ». Il parle de « statues bizarres » et dit des toits cambodgiens qu'ils dépassent en extravagance toutes les toitures cornues asiatiques, véritables « cornes du diable ».

Est-ce l'habitude qui le gagne, après cinq ans d'Indochine, en tout cas ses critiques sont peu agressives. Ou bien serait-ce l'air moins accablant qu'à Saigon, moins étouffant qu'au Tonkin qui le rassérène ? Toujours est-il qu'il regarde autour de lui sans acrimonie, sans moquerie. Mais peut-être, tout simplement, ce changement tenait-il à ce qu'il venait de pénétrer dans le pays d'Odette.

Je reprends la photo du mariage de mon père et de ma mère, pour bien m'imprégner de tous ces visages, de toute cette famille qui pose sur trois rangées dans une cour sinistre, le voile blanc de la mariée faisant une tache claire sur tout ce magma sombre. Vingt-six hommes et femmes, dont il ne reste actuellement que trois personnes vivantes : deux de mes cousines germaines, paysannes épanouies tout en haut, à gauche de la photo et le mari de l'une d'elles.

La tante Victorine, si « importante », est toute petite près du bel Hubert, bien cravaté, qui ne paraît pas du tout son mari mais plutôt un bourgeois du genre Chamberlain. Elle, bizarrement « en cheveux » pour une circonstance aussi solennelle (ma grand-mère porte sa coiffe), n'a pas le sourire de circonstance que l'on voit aux visages de la brochette des cousines, tout en haut de la photo, sans doute juchées sur un banc. Son regard est dur, quelque peu méprisant. Suzanne, délicieusement romantique *(Mignon, ton doux regard se voile...)* avec des cheveux qui tombent à l'Ophélie et une petite fourrure d'hermine jetée négligemment sur ses épaules, paraît vraiment privée de sa mandoline.

On ne veillait pas chez tante Victorine. Le travail reprenait le matin de très bonne heure , habitude paysanne de se lever à l'aube et de se coucher comme les poules. Nous disposions donc de longues soirées dans notre chambre, Odette et moi, pour continuer le dépouillement des lettres. Mais parfois nous préférions différer cette lecture, nous interrogeant mutuellement au lieu d'interroger notre père. Je voulais tout savoir de sa vie à son arrivée en France, et ce qu'elle remarqua alors, ce qui l'étonna, ce qu'elle aima. Je n'osais l'interroger sur « avant » puisqu'elle ne m'en parlait pas. Se souvenait-elle du Cambodge ? A-t-on des souvenirs des quatre premières années de sa vie ? J'en faisais l'exercice sur moi-même et trouvais bien sûr peu d'images, sinon celles de me voir porté au cou par ma grand-mère ; celles d'interminables maladies dans mon petit lit à barreaux de fer où l'on m'apportait un lapin blanc pour me tenir compagnie ; celles assez floues d'un père rigolard et d'une mère heureuse dans les jambes desquels se faufilait comme une ombre (chinoise) une fillette qui ne pouvait être qu'Odette.

Manifestement, Odette ne voulait pas parler du Cambodge. Pour elle, tout commençait « au bateau ». Je l'aurais pu croire née sur ce paquebot par un tour de passe-passe de mon père.

– Tu vois, je m'en souviens du bateau. *L'Azay-le-Rideau*, qu'il s'appelait. Drôle de nom ! Un bateau énorme, avec beaucoup de militaires, mais aussi des passagers civils. Papa me promenait par la main sur le pont. Il m'expliquait les manœuvres de l'équipage. Les soldats le saluaient. J'étais fière comme une petite peste. Les dames me donnaient des gâteaux. C'était la fête tous les jours.

» Après, quelle dégringolade ! Papa m'emmena d'abord chez tante Victorine qui me fit très peur. J'étais sûre qu'il s'agissait d'une sorcière. Elle a un côté un peu sorcière, quand même, tu ne trouves pas ? Tous ces gens parlaient, parlaient, dans un drôle de français que je ne comprenais pas. Et ils pensaient que c'était moi qui ne parlais pas français alors que j'avais appris chez les sœurs de la Sainte-Enfance un français impeccable, comme on ne le parle plus...

Elle s'arrêta brusquement, comme si elle en avait trop dit, me voyant mis en éveil par cette allusion à son éducation « chez les sœurs » en Indochine. Pourquoi ne voulait-elle rien dire ? Elle reprit :

— Papa m'a emmenée chez l'oncle Alfred et m'y a oubliée. J'ai été très très malheureuse, comme s'il m'avait vendue, donnée. Un brave bonhomme, l'oncle Alfred. Il essayait de me consoler le soir quand il revenait à la ferme. Mais je pleurais, pleurais. Je redemandais papa, toujours. Un matin, papa est revenu. Il m'a reprise par la main et m'a dit : « Maintenant tu n'auras plus de chagrin. Je t'ai trouvé une maman et un petit frère. » Le petit frère, ça me plaisait assez, mais je l'aurais préféré sans maman avec.

» Enfin, on ne choisit pas, s'exclama-t-elle, changeant soudain de ton comme cela lui arrivait fréquemment, et passant sans transition de la mélancolie à l'engouement. Finalement, je l'ai, mon petit frère !

Et elle se mit à m'ébouriffer les cheveux, comme le premier jour où nous nous étions retrouvés dans la bourrellerie.

« Mon cher Alfred,

« Le Cambodge est un pays de cultivateurs. Mais le cultivateur cambodgien fait aussi le charron, le forgeron, le charpentier. Très adroit de ses mains, il fabrique aussi bien ses outils que sa charrette et sa barque. Les charrettes à bœufs sont faites en partie en rotin, comme de grands paniers. On les entend de loin à cause du coui-coui de leurs roues. Ce qu'on cultive ? Eh bien, du riz, toujours, dans ces maudits marécages à moustiques ; mais aussi du tabac, du poivre, de l'indigo. On commence à semer du maïs avec profit.

« C'est pas comme les Annamites qui vivent toujours en villages, les Cambodgiens, eux, aiment disperser leurs canhas dans les rizières ou les forêts. Ils sont un peu comme nous, tu vois, ces *nha qué*, solitaires comme des sangliers. Ils sont bien plus pauvres que les Cochinchinois. En Cochinchine, les maisons sont couvertes de tuiles, ici elles sont garnies de chaume, comme les bourrines de nos maraîchins.

« Il n'y a que trois saisons : la saison de la chaleur, la saison des pluies, la saison du froid. Ce qui veut dire qu'il n'existe pas de printemps. Ni non plus d'hiver, car ce qu'on appelle ici le froid ne donne même pas aux gens l'idée de se construire des cheminées. »

« Ma chère Victorine,

« C'est le Jour de l'An, ici. Figure-toi que le troisième jour de l'année, dans toutes les maisons, les enfants baignent leur père et leur mère, leur grand-père et leur grand-mère. C'est pas un beau spectacle que tous ces asticots jaunes ratatinés qui se font asperger par leur progéniture. Imagine-toi la tête que feraient les grand-mères, chez nous, si on voulait les baigner, toutes nues. Tu vas me dire que je raconte des horreurs et que j'aime toujours la blague. Pourtant c'est la vérité, je le jure... »

Les lettres de Phnom Penh continuaient ainsi, du grave à l'espiègle. Aristide le Cochinchinois prenait plaisir à décrire les belles rues droites, peu animées ; la ville commerçante du Nord avec son marché et son minuscule quartier français ; les maisons des fonctionnaires cambodgiens dissimulées sous les arbres fruitiers de leurs jardins.

Visiblement, il regardait les Cambodgiens avec une certaine sympathie, alors que les Annamites et les Chinois, si nombreux à Phnom Penh, continuaient à l'exaspérer. Un tiers seulement de la population de Phnom Penh était alors cambodgien, un second tiers annamite et un troisième chinois.

Les Chinois pressuraient le pays, le saignaient, avec l'agrément des Français. Tout comme à Saigon, là encore la France mettait ses cartes sur cet auxiliaire sournois. Et pour s'attirer ses bonnes grâces, elle le dispensait du service militaire, l'exemptait des corvées et autres tracasseries.

La douceur des Cambodgiens présentait un tel contraste avec l'agitation des Annamites, leur passivité, une telle anomalie au regard de la rapacité des Chinois, que tous les voyageurs d'alors s'étonnent. Pourquoi ces Cambodgiens sont-ils si craintifs ? Pourquoi se laissent-ils prendre toutes les bonnes places par les Annamites et les Chinois, se bornant à cultiver paresseusement une terre dont ils savaient très bien qu'ils ne pouvaient en attendre nulle richesse ? Pas de discussions vives dans les rues, pas de rixes. Mais, non plus, pas de gaieté apparente. Une douceur morne, triste. Seule marque d'animosité envers l'Annamite, la fuite des Cambodgiens lorsqu'un Annamite venait s'installer dans un village. Ils ne l'affrontaient pas, ne le chassaient pas. Ils préféraient s'en aller.

Pourtant, ce pays pacifique avait lui aussi son De Tham qui s'appelait Sena Ouch. En mars 1913, les pirates de Sena Ouch attaquèrent une mission catholique, blessant un religieux. Ouch proclama vouloir rendre au Cambodge son indépendance. Il se disait non seulement doué d'une force surnaturelle, mais se croyait invulnérable. Ses partisans n'étaient qu'une centaine. Bien armés, tatoués, parés d'amulettes, ils faisaient autant de bruit qu'un régiment. Réfugiés dans la forêt, d'où ils ne sortaient que pour des coups de main, leur capture était pratiquement impossible. D'autant plus que les autorités, peu gênées par ces agitations sporadiques dans la brousse, ne l'envisageaient que très mollement.

Phnom Penh se situait loin de Sena Ouch, si bien que notre père n'en parle pas. Les événements de France l'inquiétaient bien plus. Pour lui, comme pour tous les militaires français, la frontière à laquelle il pensait désormais n'était ni celle de la Chine ni celle du Siam, mais la ligne bleue des Vosges. La guerre, dont on ne pressentait pas encore qu'elle serait la « Grande Guerre », mais dont on savait qu'elle était la vraie guerre, retenait autant l'attention des coloniaux que des gens de la métropole. Plus peut-être dans la mesure où les nouvelles n'y parvenaient qu'avec un long retard. Il fallait un mois et demi, deux mois, pour pouvoir se réjouir d'une victoire ou se morfondre d'une défaite. L'heureuse issue de la bataille de la Marne fut fêtée à Phnom Penh par une retraite aux flambeaux. Ensuite vint le temps des adieux aux officiers et aux soldats rappelés en France.

Phnom Penh changeait d'aspect et, d'apathique, devenait presque bruyante avec ses appels de clairons dès l'aube, les salves de canon des navires de guerre qui saluaient le palais royal, les sifflets des paquebots et des mouches à vapeur. Le trafic avec Marseille (via Saigon) prenait, du fait de la guerre européenne, une intensité imprévue.

Mais, pour notre père, la vie de garnison suivait son train-train. Seul incident, qui lui fit prendre contact avec l'épaisse forêt dans laquelle il vivrait plus tard de si longues années : une rapide mission en baleinière, à force vapeur, pour rejoindre un poste de légionnaires où s'était produite mort d'hommes. Cinq légionnaires allemands ayant lardé de coups de baïonnette un de leurs camarades belges, les marsouins avaient été appelés d'urgence pour étouffer une mini-guerre à l'européenne dans ce poste perdu près de la frontière siamoise. Mais le temps d'arriver, le cadavre était enterré, les meurtriers fusillés et les autres légionnaires tranquilles comme Baptiste.

En 1915, une lettre triomphale :

« Ma chère Victorine,

« Tiens-toi bien, garde-à-vous, fixe : sergent ! On me les a donnés, mes galons dorés. Tu imagines ma satisfaction. On s'est offert une drôle de nouba, hier soir, avec les copains, pour enterrer ma vie de caporal. Sous-officier ! Je suis sous-officier ! Jamais je n'aurais pensé y arriver si vite. Voilà seulement huit ans que je suis engagé et je connais bien des *pays* qui restent encore deuxième classe.

« J'ai maintenant droit à une chambre privée à la caserne que je peux arranger à ma façon. Pour les meubles, on en trouve en rotin qui sont bon marché. Les sous-offs soupent à six heures... »

Notre père allait mettre à profit ses longues soirées libres et cette oisiveté d'une vie de garnison pour découvrir une Asie masquée, une Asie feutrée, douillette, languide : l'Asie des militaires gradés et des fonctionnaires célibataires ; l'Asie blafarde des nuits de tripots et de bouis-bouis à la lueur pâle des lanternes de papier, à l'heure où le couvre-feu et la pauvreté retenaient les soldats dans les chambrées des casernes.

Sergents et adjudants l'entraînent dans leurs virées des grands ducs. Ils lui feront connaître les maisons de jeu clandestines, lui apprendront le jeu des trente-six bêtes. Il y verra des fonctionnaires cambodgiens, qui fréquentent les mêmes lieux qu'eux, s'y ruiner, y parier jusqu'à leur femme et la perdre. A certains jeux, à certaines loteries, on pouvait aussi bien gagner un paon qu'un tigre. Le paon était mangé et le tigre écorché pour sa fourrure vendue un bon prix. De joyeuses parties, dans les restaurants de Phnom Penh, amélioraient l'ordinaire du mess. Les tables y étaient ventilées par des *pankas*, immenses éventails d'étoffe suspendus au plafond que tractaient des boys par un jeu de cordes et de poulies.

Après les repas, on allait prendre le café dans un petit salon attenant, assis sur des paillasses à même le plancher pour y fumer de l'opium.

Notre père pensait que cette accession à l'Asie nocturne, délétère, malsaine, avec son goût trouble de péché, marquait le signe évident de sa promotion. Elle lui donnait droit aux « plaisirs », à la « grande vie ». Il pourrait maintenant s'acheter une congaï s'il voulait se mettre en ménage, au lieu de se contenter des virées de luxe dans les bordels japonais. Ses compagnons de joyeusetés se livraient avec d'autant plus d'avidité à la recherche des sensations fortes, des parties fines, qu'ils en bavaient depuis tant d'années dans des postes de brousse et qu'ils se savaient cantonnés dans cette ville du plaisir que pour un temps très provisoire, qui pouvait, chaque nuit, s'achever à l'aube par la mutation sur le front allemand, dans la boue et le froid des tranchées. Ils savaient que l'enfer des obus, des shrapnels, des charges à la baïonnette sous les tirs de mitrailleuse les attendait en Europe et qu'ils ne vivaient qu'une sorte de sursis de condamnés à mort dans la douillette et morbide moiteur de Phnom Penh.

Deux affiches, collées par les Allemands devant la mairie, la poste et le collège, suscitèrent bien des discussions. L'une, titrée « C'est l'Anglais qui nous a fait ça », montrait dans une ville en ruine un soldat français le bras en écharpe, au pansement ensanglanté. En arrière-plan, immense, goguenard, un officier anglais, pipe au bec, les mains sur les hanches. L'autre, titrée « Populations abandonnées, faites confiance au soldat allemand », représentait un soldat de la Wehrmacht, tête nue, jovial, tenant dans ses bras un petit garçon hilare, mangeant une tartine de confiture.

Le journal avait en effet annoncé que Dakar (après Mers el-Kébir) venait d'être bombardée par des avions britanniques. Décidément, disait-on, les Anglais nous faisaient une guerre sans merci. Quel retournement de situation !

A Vichy, les événements se précipitaient. L'Assemblée nationale s'était prononcée pour une nouvelle Constitution par une majorité stupéfiante.

Comment diable les députés avaient-ils réussi cette fois-ci à se mettre d'accord aussi massivement ? Ça ne s'était jamais vu sous la IIIe République ! Votée à une voix de majorité, la IIIe République allait être dissoute par 569 oui en 1940. Fallait-il qu'elle soit mauvaise pour qu'une telle unanimité se fasse pour la condamner !

Tante Victorine nous lisait le journal, au dîner, comme à l'accoutumée :

– « Le maréchal Pétain prend le titre de chef de l'État français... M. Albert Lebrun a mis ses pouvoirs à sa disposition... Le gouvernement siègera en territoire occupé. Il a été demandé au Reich de libérer Versailles et les quartiers des ministères à Paris... A l'issue de l'Assemblée, M. Pierre Laval se rend chez le maréchal Pétain... La Constitution devra garantir les droits du Travail, de la Famille et de la Patrie... Le 14 juillet sera une journée de deuil et de recueillement... »

Le claquement sec d'une vaisselle fêlée nous fit sursauter. A chaque fois, nous étions aussi surpris et pourtant, ce coup de manche de couteau sur le sucrier ponctuait pratiquement tous les repas, à l'heure du café. La plupart du temps, les doigts de cousin Gaston étaient visés, ou ceux du bel Hubert. Non pas qu'ils fussent plus gourmands que les autres, mais ils se révélaient moins adroits, ou moins rusés, pour subtiliser ce second morceau de sucre dont tante Victorine considérait la consommation comme du superflu.

Le sucrier présentait un curieux aspect. Comme tante Victorine n'arrivait jamais à taper sur les doigts convoiteurs, elle ébréchait à chaque fois la faïence. Le col du sucrier ressemblait ainsi à une couronne de gâteau des rois.

L'intermède du coup sur les doigts passé, tante Victorine reprenait sa lecture, comme si de rien n'était. Et personne ne bronchait autour de la table. Il arrivait qu'au cours de la soirée, un autre doigt se tendît vers un sucre tentateur, pensant mettre à profit la lecture attentive de tante Victorine. Mais elle avait l'œil à tout, n'étant pas chef de tribu pour rien, et un second coup sec sur la faïence crissante réveillait les somnolents.

Tonitruante, s'adressant soudain à Odette et à moi :

– Écoutez ça, mes drôles, c'est pour vous ; écrit dans le journal comme je vous le dis : « Le libraire, comme le pharmacien, vend des remèdes et du poison. » Je vous l'ai bien toujours seriné : lire, c'est s'instruire, mais trop lire abîme les yeux et dissipe l'esprit. Je voudrais quand même savoir, tous ces livres dont vous parlez, de quoi ils causent. Et comment vous faites, à vos âges, pour vous y reconnaître dans ce qui est remède et ce qui est poison. C'est comme les champignons, bien malin celui qui n'arrive pas un jour à en crever. Quand on n'a pas d'instruction, faut savoir se contenter de son nez ; oui, son nez (elle montrait son nez, un peu crochu, avec son doigt). Faut savoir flairer le vent. Faut deviner. Faut être malin. Mais jamais vouloir péter plus haut que son cul. Oui, mes drôles, ne rêvassez pas tant.

Si nos lectures en étaient venues à prendre presque autant de place dans nos conversations que les lettres de notre père, précisons qu'il s'agissait de nos souvenirs de lectures, car chez tante Victorine ne se trouvait aucun livre, mis à part l'*Almanach Vermot* et le missel. *Le Phare de la Loire* nous fournissait la lecture quotidienne du feuilleton de Max du Veuzit, mais nous relisions surtout mentalement nos lectures antérieures, si l'on peut dire ; nous échangions nos mémoires livresques : *Amour de page* de H.-J. Magog contre *Salammbô* de Flaubert, *Le Roman d'un spahi* de Pierre Loti contre *Mes vols* de Mermoz, *La Belle de Vera Cruz* de A. Bonneau contre *Le Roman de la momie* de Théophile Gautier. Étrange salade littéraire où le pire côtoyait le meilleur et où, comme le font tous les autodidactes balbutiants, nous mettions n'importe quoi sur le même plan. Où aurions-nous su, qui nous aurait dit, que A. Bonneau et H.-J. Magog (dont je ne sais aujourd'hui absolument rien, pas même les prénoms) fussent moins connus et moins indispensables à notre pedigree littéraire que Théophile Gautier ou Flaubert ?

Plus âgée, et ayant disposé des bibliothèques composites des sanas, Odette me parlait néanmoins d'auteurs que je ne connaissais pas, mettant un peu d'ordre dans mon fouillis de lectures.

C'est d'elle que j'entendis pour la première fois parler de Péguy, de Bernanos, de Giono, qui devaient occuper plus tard une si grande place dans ma vie et qui, aujourd'hui encore, restent pour moi indissociables du souvenir d'Odette.

Aucun livre chez tante Victorine... Sauf, bien sûr, ceux de la cantine militaire de notre père, ces manuels de sous-officier et ce guide de l'Exposition coloniale dont j'ai déjà parlé.

De temps en temps, Odette feuilletait distraitement, semblait-il, le *Guide de l'Exposition Coloniale* qu'elle avait retrouvé sous le lit en balayant et restait songeuse, ce livre sur ses genoux, triste, si triste que je n'osais lui en demander la raison.

Les lettres de Phnom Penh ne parlaient plus que du plaisir d'être sous-off, des copains, de la solde et posaient surtout des questions. Que disait-on en France de la guerre ? Combien de temps allait-elle durer ? Que pensait-on des colonies ?

Les marsouins de Phnom Penh, faute d'insertion dans la tragédie européenne, s'installaient dans le farniente. Le nouveau sergent se montrait tout fier d'être invité au mess des officiers sans paraître s'apercevoir que ceux-ci, qui ne le faisaient venir que pour chanter *Le Temps des cerises* et raconter des histoires en patois, se servaient de lui comme d'un bouffon.

En novembre, il assista à ce que les Français appelaient la fête des Eaux et que les Cambodgiens nommaient fête de la Joute des pirogues. Les eaux, qui inondaient le pays depuis six mois, ne cessaient de croître de juin à octobre. Le grand lac Tonlé Sap montait de quatre mètres et débordait jusqu'à trente kilomètres dans les plaines. A partir de novembre, charriée par le Mékong, la crue se retirait. Pour saluer ce reflux, des fêtes nautiques duraient une semaine.

Le roi qui, chaque année, séjournait à la saison des crues dans sa maison flottante amarrée face au palais, était d'abord purifié par une aspersion d'eau puisée dans le fleuve avec une conque marine. Puis venait la fête des Feux flottants. Des pirogues à la poupe et à la proue redressées en pointe défilaient sur le Mékong, ornées de représentations d'animaux grandeur nature, en papier, qu'éclairaient les lanternes vénitiennes. Mais ce qui mettait la foule cambodgienne en liesse, ce que saluait l'immense cri des spectateurs, c'était la fête de la Course des pirogues, cent pirogues creusées à la hache dans des troncs d'arbre ouverts au feu, luttant de vitesse au rythme violent des rames peintes en rouge.

Les militaires et les fonctionnaires français assistaient à la fête, installés à une tribune, à la fois intéressés et goguenards, souriant d'un air supérieur lorsque les entraîneurs qui se tenaient dans chaque pirogue se levaient en passant devant eux pour hurler des simagrées incompréhensibles. Seuls, les fonctionnaires cambodgiens, réunis dans une tribune proche, ce qui pouvait laisser supposer que ces cris s'adressaient aussi à eux, se mordaient les lèvres pour ne pas rire devant les Français, ce qui eût pu paraître une insolence. D'autant plus insolente qu'étaient salées les invectives :

– Vos femmes sont de jolies poupées, ô Français, leur figure est blanche comme la mort ; mais elles ont un nez de tapir, s'écriait un premier diable farceur en se dressant debout dans la pirogue.

– Les Cambodgiennes sont amoureuses toutes les nuits. Mais qui nous a dit que les Françaises n'étaient amoureuses que le samedi ? hurlait le suivant.

– Avez-vous vu les chiens se saluer en se reniflant au cul, et les Français se renifler en se serrant la main ? aboyait le troisième.

Et les invectives continuaient. Cent invectives, une par pirogue, devant les seigneurs blancs impassibles, aucun colonial ne pouvant encore imaginer qu'une langue indigène puisse être comprise et parlée par quelqu'un d'autre qu'un interprète, toujours indigène lui-même, évidemment.

En février, notre père assista également à la fête de la Nuit. Étrange représentation populaire qui faisait converger sur le palais royal une foule venue de toutes les provinces. Des mandarins, bien loin d'afficher la superbe de leurs collègues du Tonkin, pieds nus, ressemblant avec leurs barbiches à des chèvres costumées, se mêlaient dans les rues aux paysans et aux bonzes affluant de tous les monastères. Des femmes aux cheveux drus, coupés court, portaient gracieusement des paniers sur leurs hanches. Les hommes trapus, dont les faces rondes contrastaient avec les visages annamites souvent émaciés, facilement reconnaissables dans la foule, avaient revêtu leurs plus beaux *sampots,* cette étoffe de coton passée entre les cuisses et nouée autour des reins. Par milliers, ils convergeaient à midi, de toutes les rues de Phnom Penh, vers le palais royal, et s'y entassaient lentement jusqu'à ce que, à la tombée de la nuit, s'allument les guirlandes de verres à graisse. Des feux d'artifice, de gros ballons de papier lancés dans les airs comme des montgolfières, des danses, des concerts de gongs et de cymbales de bronze occupaient cette foule jusqu'à minuit.

Alors le spectacle s'arrêtait. Dans les cours intérieures des temples, dans les cours publiques du palais, chaque famille se cherchait une place au sol et s'installait pour y dormir. Hommes, femmes, enfants s'enveloppaient de leurs écharpes, de leurs ceintures d'étoffe. Silencieuse, pêle-mêle, cette foule s'endormait dans une paix étrange.

Les marsouins, venus voir cette population endormie, enjambaient des bras, des jambes, s'attardant parfois à regarder ces corps de femmes aux bras croisés sur leur poitrine comme les statues des temples, si profondément endormies qu'elles ne bougeaient même pas lorsque parfois les heurtaient les godillots maladroits des soldats.

Seuls éveillés, au-dessus de ces milliers de corps étendus, les marsouins se retiraient avec une curieuse gêne, comme s'ils abandonnaient un amoncellement de cadavres, résultat d'on ne savait quel carnage, ou s'ils avaient entr'aperçu un rite inquiétant, auquel ils n'étaient non seulement pas conviés, mais où il semblait qu'ils fussent invisibles et même inexistants.

Le lendemain, les serviteurs du roi Sisowath distribuaient des vivres à la foule éveillée, dans un banquet aux mille bols de riz. Danseuses et chanteuses apparaissaient dans leurs costumes de scarabées dorés. On sortait cinquante prisonniers des geôles et on brisait leurs chaînes, cependant que des centaines de colombes s'envolaient de cages d'osier ouvertes. La journée s'achevait dans la bousculade et la confusion lorsque le roi, du haut de son éléphant tintinnabulant de clochettes et de grelots, lançait dans la foule des poignées de piastres en monnaie d'argent et de bronze.

La boutique du bandagiste, face à la bourrellerie de cousin Gaston, m'intriguait beaucoup. Ce que l'on voyait à la vitrine pouvait laisser à penser que ce magasin constituait une sorte de réponse « chic » à la bourrellerie puisque l'on était tenté d'identifier des espèces de selles, de mors, d'œillères, de guides ; en tout cas des genouillères, des colliers, des courroies, des ceintures.

Je ne me livrais qu'en catimini à l'examen de ces objets étranges : jambes de bois, corsets de fer, béquilles, appareils de cuir moulé, claies en osier, gouttières, tourniquets, garrots, sondes, pelotes en bec de corbin – avec l'impression de regarder quelque chose de pervers. D'ailleurs à peine jetais-je un regard sur cet étalage que le bandagiste sortait de sa boutique, comme s'il n'eût été occupé toute sa journée qu'à guetter un client pour le happer au passage et lui jeter dessus son assortiment de bandages circulaires, obliques, spiralés, croisés, noués, récurrents, invaginés, en té, en croix, en fronde, en gaine, en suspensoir, lacés, bouclés à ressorts, compressifs, mécaniques, enfin que sais-je... Lui-même claudiquait sur un pilon, comme un pirate de roman d'aventures. Il me faisait aussi peur que sa boutique. Et pourtant il n'en sortait pas pour m'agresser, mais pour « tailler une bavette », comme il disait. A défaut de parler à la tante Victorine, avec laquelle il tenait, entre les deux boutiques, des dialogues animés. Spectacle que je n'appréciais pas alors à sa juste valeur que celui de ce ballet véhément, en plein milieu de la rue, de la « sorcière » et du « pirate à la jambe de bois ».

Moi, je ne savais que dire au bandagiste. Mais lui, qui écoutait Radio-Paris (lui qui avait entendu l'appel du 18 juin, à Londres, de ce général français aujourd'hui condamné) possédait toujours des nouvelles fraîches qu'il semblait pressé de distribuer de peur sans doute qu'elles ne s'avarient.

— Ça y est, me dit-il, le gouvernement est constitué. Weygand devient ministre de la Défense nationale, Laval vice-président du Conseil.

Le lendemain, tante Victorine nous montra dans le journal la photo de Laval. Elle s'esclaffait :

— Mais c'est le portrait du Berrichon !

Il ressemblait en effet à cousin Gaston, avec sa tête de bougnat moustachu.

Mais, malgré cette fâcheuse ressemblance, la tante Victorine trouvait bien des mérites à ce M. Laval. Le journal ne le disait-il pas né dans le Puy-de-Dôme d'une famille « de souche paysanne », ancien familier et protégé de *notre* Georges Clemenceau.

— On aurait bien besoin d'un nouveau Clemenceau, reprit tante Victorine.

Puis elle ajouta en aparté, pouffant dans sa main qui lui cachait le bas du visage :

— Ça fait rien, quand même, un Clemenceau qui ressemble au Berrichon, on aura tout vu !

Une lettre de notre père annonçait brièvement sa prochaine venue en France. Il avait en effet été rappelé à Saigon pour convoyer un détachement de tirailleurs envoyés sur le front français.

La difficulté de recrutement des troupes indigènes tenait chez les Annamites à la modicité de la solde et chez les Cambodgiens à une sorte de résistance passive. L'armée attachait peu d'importance à cette allergie des Cambodgiens à la conscription (d'ailleurs toujours corrigible par la réquisition), ce peuple lui paraissant trop apathique pour produire de bons soldats. Mieux valait les Tonkinois nerveux qui constituaient le meilleur apport parmi nos tirailleurs. Familier de ces Tonkinois, notre père devait faire le voyage en France avec eux.

Plaisir de revoir Saigon, de prendre un pernod à la terrasse d'un café de la rue Catinat. Surprise de retrouver les Chinois habillés à l'européenne, les cheveux courts. Mais les Annamites conservaient leurs robes noires et leurs chignons.

Le jour du départ, les sept cents tirailleurs encadrés par des officiers et sous-officiers français furent conduits à l'embarcadère des Messageries maritimes, musique en tête, dans une ambiance de fête. Ensuite, ils déchantèrent vite. Parqués pendant des heures devant le paquebot, au milieu des malles, des ballots, des caisses sans cesse déchargés de charrettes traînées par des petits chevaux hargneux, les soldats trempés de sueur ne finirent par gravir les passerelles que le soir, en longues files, harassés par dix heures d'inutile exposition au soleil. Comme d'habitude, la troupe s'amassait à l'avant et à l'arrière du bateau, les passagers civils et les officiers se réservant le centre.

A l'escale de Singapour la cargaison humaine fut consignée. Seuls les sous-officiers purent descendre à terre, emprunter des pousse-pousse et marchander quelques souvenirs dans des bazars chinois. C'est là que notre père acheta la jardinière en cuivre, aux anses formées par deux chimères qui s'agrippent au bord et le mordent et dans laquelle j'aime mettre aujourd'hui de la bruyère, comme je l'ai toujours vu faire par ma mère.

Notre père resta peu en France, juste le temps de conduire ses Tonkinois dans les vignes champenoises, de patauger quelques mois avec eux dans la craie, de savourer une permission en Vendée, puis de reprendre le chemin de Marseille.

De retour à Phnom Penh il recevait son affectation à un fortin de la frontière siamoise. Le lieutenant qui allait commander le détachement lui dit, d'un ton rogue :

— Alors, déjà de retour ! La guerre est gagnée contre les Boches, ou quoi ?

— Mon lieutenant, ça barde dur, là-bas. Et ça ne semble pas prêt de finir.

— Et nos tirailleurs, tous caput ?

— Presque, mon lieutenant.

— Les obus, ou le foutu temps d'hiver ?

— Les deux, mon lieutenant. Il faut dire qu'ils avaient froid. Je crois aussi qu'ils avaient peur et qu'il y a de quoi.

– Peur ? A un contre un ? On est aussi nombreux que les Boches dans ce foutu jeu de cons. Alors, à la loyale, hein ! Tandis qu'où on va, mon vieux, c'est à un contre mille. Vous avez entendu parler des monts des Cardamomes ?

– Oui, mon lieutenant, c'est du côté du Siam.

– Exact. On part demain relever un poste frontière dans la brousse. Nous y serons cinquante. Moi, l'adjudant Morisseau, le sergent Raymond, vous et quarante-six caporaux et soldats. De l'autre côté de la montagne, six millions de Siamois. Vous faites parfois votre prière ?

– Pas souvent, mon lieutenant.

– Vous aurez le temps et vous pourrez prier pour qu'il ne prenne pas envie à ces putains de Siamois de venir de notre côté. Bon, rompez, préparez votre barda.

– A vos ordres, mon lieutenant.

– Ah ! encore une chose. Nous reviendrons Dieu sait quand. Vous pouvez dire adieu au temps des cerises.

Sur un petit vapeur des Messageries fluviales, la section rejoignit d'abord le golfe du Siam par Kampot, ville portuaire tout odorante de son trafic du poivre. Puis elle s'embarqua de nuit sur de grosses jonques chinoises qui prirent la mer en profitant de la marée descendante. A l'aube, les jonques se trouvaient à l'embouchure du delta de l'arroyo de Pursat. La petite troupe vit se détacher du rivage une vingtaine de pirogues et de gros sampans à rames qui venaient les chercher pour la dernière partie du voyage.

Ils allaient parcourir pendant vingt heures une

forêt inondée, mais d'une végétation si dense qu'elle paraissait opaque. Des bandes de perruches bleues passaient rapidement entre les cimes des banians immergés jusqu'à la naissance des branches. Lorsque les sampans heurtaient les épais feuillages, des lézards et des petits serpents tombaient dans les embarcations. Mais cette pluie de reptiles, aussi répugnante fût-elle, causait plus de jurons et de rires que de désagrément. Elle constituait au contraire une amusante diversion à l'obsession des moustiques piqueurs qui suivaient en nuages les embarcations. Tout était excès : la forêt, l'inondation, les insectes, les reptiles, la chaleur, les odeurs, les bruissements confus, indistincts et incessants. Les rameurs, aux trois quarts nus, qui ne semblaient pas incommodés par les moustiques, s'égaraient parfois dans ces arroyos confondus par la crue. Ils s'interpellaient de barque en barque, s'arrêtaient, dégageaient à la godille les gros sampans empêtrés dans les lianes, discutaient entre eux à n'en plus finir.

Le lieutenant perdait vite patience, engueulant le caporal interprète :

– Mon lieutenant, c'est pas qu'ils sont perdus. Mais ils disent qu'ils ont rien à bouffer. Ils en ont la claque.

Le lieutenant fit distribuer aux rameurs, en maugréant, des quignons de pain dur et des carcasses de poulet. Mains jointes, avec force courbettes, les rameurs remercièrent le lieutenant qui haussait les épaules.

– Rien à foutre de leurs singeries. Sont payés pour ramer, non ?

Restaurés, les rameurs reprirent leur mystérieux itinéraire de leurs gestes lents qui étonnaient tant les anciens du Tonkin et de la Cochinchine habitués à l'agitation énervée des Annamites.

En pleine nuit (il devait être vers deux heures du matin), la troupe fut doucement réveillée par une musique étrange... Des tympanons, des flûtes, des cithares et sans doute des carillons de clochettes et de gongs. Les villages qui entouraient le poste saluaient ainsi l'arrivée des nouveaux maîtres.

Les sampans débouchaient dans une sorte de lac. Au fond, par-dessus les paillotes, flottait le drapeau aux trois couleurs. Des uniformes bleus et blancs apparurent sur la berge. Des exclamations joyeuses. Les partants saluaient les arrivants avec une exubérance moqueuse. Seuls les tirailleurs indigènes ne plaisantaient pas, criaillant entre eux, de leurs voix gutturales, on ne savait quelles mauvaises nouvelles.

Tante Victorine me fit un plaisir immense. Elle me retrouva une photo pâlie de son frère, sous verre dans un cadre de cuivre, qui le montrait debout avec, à ses pieds, accroupis, trois tirailleurs indigènes. Odette et moi regardions et regardions cette photo, cherchant à y lire tout ce que les lettres ne disaient pas.

Elle m'a accompagné partout, cette image,

aujourd'hui encore dans son encadrement terni, sur la table où j'écris ce livre.

Notre père n'a aucun galon sur les manches de sa veste de toile, bien boutonnée jusqu'au ras du cou. Mais c'est néanmoins un chef. Tête nue, ses cheveux rejetés en arrière, une raie impeccable sur le côté droit, sa veste est sans doute bleue. Son pantalon blanc (aux courtes pattes de cul-terreux) dénonce sa petite taille qui ne serait pas, sinon, perceptible ; non seulement parce qu'il se tient très droit, le torse bombé, mais parce que les trois tirailleurs indigènes, à ses pieds, s'écrasent littéralement, les bras pendant au sol, dans une attitude en effet simiesque, coiffés de leurs étranges galettes à pointes. Aux pieds du colonial, entre les tirailleurs accroupis, son haut casque blanc. En fond de décor, des palmiers.

En cardant les poils de veau et de chèvre, seul dans la remise du fond de l'impasse, je n'arrivais pas à me détacher de cette image. Assis sur un tabouret de bois, devant la cardeuse à balancier dont j'actionnais à la main les deux roues, j'arrêtais fréquemment mon travail pour reprendre et scruter la photo mise dans ma poche de blouse. Moi aussi, je partirais bientôt aux colonies. Encore deux ans et je pourrais m'engager dans l'infanterie de marine comme « lui ». J'irais dans le pays d'Odette. Le « pays d'Odette » ? Si Odette était ma vraie sœur, son pays n'était-il pas le même que le mien, cette Vendée où nous nous étions retrouvés ? Ne faisait-elle pas partie de notre tribu ? Rien ne la distinguait du reste de la famille à la table de la tante Victorine, sinon ses yeux d'Asie et ses cheveux noirs.

Le soir, dans notre chambre, je lui demandai si elle se sentait vendéenne.

Elle rit. Puis changeant brusquement d'humeur, comme si souvent :

– Je me serais sans doute sentie vendéenne, comme les autres, si on ne m'avait pas toujours fait remarquer que je ne l'étais pas. Moi, je me sentais vendéenne, bien sûr, comme mon papa. Enfant, on ne se voit pas différent. Je me croyais une petite Fontenaisienne, comme les autres. Mais les autres me repoussaient non seulement de Fontenay, non seulement de Vendée, mais hors d'Europe. Je ne sais si tu te rends compte de la stupéfaction que je ressentais. Je me voyais Odette, fille d'Aristide du bocage et eux me voyaient Joséphine Baker, fille d'Aristide le Cochinchinois. Ce n'est pas moi qui me suis voulue différente, mais les autres qui m'ont imposé ma différence. C'est dans leurs yeux que, peu à peu, je me suis sentie d'une autre race. Sans plaisir. Les enfants détestent les particularités trop évidentes. Si tu savais comme j'ai pleuré de ne pas être blonde, de ne pas avoir les yeux clairs. Et puis, une moitié de moi n'était pas d'ailleurs, mais d'ici. Et cette moitié, personne ne la voyait, personne ne voulait la voir. J'étais pourtant plus vendéenne que cambodgienne, si on compte le temps passé ici et là-bas.

J'osai enfin demander :

– Tu te souviens du Cambodge ?

– Rien. Absolument rien. Je ne connais le Cambodge que par ce qu'on en dit. Angkor, les éléphants, les danseuses sacrées, tout le tremblement. Si je garde quelques souvenirs d'Indochine, c'est seulement de Hanoi.

— Hanoi ?

— Oui, quand papa a quitté le Cambogde, j'avais deux ans. Après, nous sommes restés à Hanoi jusqu'à son retour en France. Tu vois, j'ai commencé très tôt à être une étrangère. Pour les bonnes sœurs annamites, pour les boys tonkinois, j'étais moitié française, moitié khmère. Donc, pour eux, aussi étrangère qu'ensuite pour les Vendéens. Mais, au fond, papa aussi devenait étranger partout. En Indochine on l'appelait *Fan Kouaï*, mais en France il devenait le Cochinchinois. On ne se frotte pas quinze ans à l'Asie sans en attraper quelque chose.

Odette dénoua la ficelle d'un nouveau paquet de lettres.

« Ma chère Victorine,

« Me voilà installé dans ce poste, en pleine brousse. C'est un petit fortin entouré d'une ceinture de murs de brique, avec des créneaux par lesquels on observe la frontière siamoise toute proche. Autour, des fossés pleins d'eau et de serpents. A l'intérieur, le petit pavillon du lieutenant et le blockhaus de la troupe. Les cuisines, la boulangerie, les communs disposent de quelques autres pavillons où vivent aussi les boys.

« Les règlements sont moins stricts qu'à Phnom Penh et nous disposons de loisirs après les trois heures d'exercice du matin, de cinq à huit. Le reste de la journée, on fait de la gymnastique, du jardinage, l'entretien du poste et les rondes de routine.

« Le climat est meilleur ici, à cause de la montagne proche, moins humide.

« Quant à l'ordinaire, on est comme des rois *dans une basse*. Tous les deux jours, les cuisiniers tuent un bœuf. Nous touchons chacun un kilo de viande de boucherie par jour, plus des œufs, de la volaille, des légumes. On a de tout à profusion.

« Le soir, après le souper, avec l'autre sergent qui s'appelle Raymond et qui est un bon type, on va se promener jusqu'à la pagode cornue, à l'extrémité du village indigène. Ça sent bon l'odeur des citronniers et des mandariniers. Avant le couvre-feu, on prend le frais sur des chaises longues en rotin, sous la véranda. Tu vois, on a la vie belle. Surtout lorsqu'on pense aux copains qui font la guerre aux boches. Mais il faut bien que quelqu'un empêche ici les Siamois de passer. A chacun sa croix, comme on dit.

« Ton frère affectionné

Aristide »

Comme toujours, les lettres à Alfred comportent des comptes rendus agricoles :

« Pour fertiliser le sol, les indigènes n'y vont pas de main morte. Ils foutent carrément le feu à la forêt. Ça produit de la bonne cendre à engrais, gratuite, mais ça me fait mal au cœur de voir autant de chênes-lièges détruits, sans parler des pins et d'un arbre à beau bois de menuiserie qu'ils appellent le teck... Ce qui est très cultivé, ici, c'est le cotonnier. On récolte autant de coton que de riz... Il y a aussi de drôles de saloperies, comme ce grand ficus empoisonné dont on extrait une sorte de strychnine... De onze heures à deux heures, le travail est impossible à cause de la chaleur. Tout le monde fait la sieste, même les pirates... Les charrues sont attelées à deux buffles, plus puissants que nos bœufs, mais moins dociles. Le bizarre, avec les buffles, c'est que dès qu'ils voient un Français ils deviennent furieux et baissent les cornes, prêts à charger. Les indigènes disent que les buffles deviennent furieux parce qu'ils ne peuvent pas nous sentir, que les Français sentent le cadavre. Les chiens aussi nous détestent. Ce sont des sales cabots maigres, méchants comme la gale. Plus dangereux que des serpents... Quand les hirondelles partent de chez nous, elles arrivent ici, en novembre, et restent jusqu'en mai. C'est le monde à l'envers, tu vois... »

« Ma chère Victorine,

« J'ai bien ri en apprenant que ton anis étoilé, que tu aimes tant boire en infusion et que l'on récolte ici, c'est la même chose que mon absinthe que tu me reproches de siroter. Mais oui, l'anis étoilé, c'est la fleur de badiane. Et avec cette fleur on fait aussi bien de la tisane que de la liqueur d'absinthe. Donc, tu vois, tu es aussi alcoolique que moi, sans en avoir l'air. Je t'entends d'ici crier, mais c'est comme ça, ma pauvre Victorine.

« Oui, les femmes comme les hommes portent ici les cheveux courts. Ni tresses ni chignons. Mais avec leurs cheveux coupés en brosse dure, les Cambodgiennes ont l'air de servir à enlever les toiles d'araignée dans les coins. Si elles ne chiquaient pas toujours leur maudit bétel, on pourrait quand même leur trouver parfois le sourire agréable. Mais ces bouches noires sont affreuses. Tu vois, ce n'est pas demain la veille où j'oublierai nos payses.

« Nous ne sommes que six Français dans le poste et quarante-quatre soldats indigènes, plus le personnel de cuisine et les boys qui sont tous cambodgiens. Pas un autre Français à cent kilomètres à la ronde. Il n'y a qu'à Pursat que l'on trouve le résident et trois ou quatre fonctionnaires. Les cinq autres Français, ici, sont le lieutenant Le Pen, qui est une peau de vache, l'adjudant Morisseau qui serait un bon zigue s'il ne se saoulait pas comme un Polonais, le sergent Raymond qui est mon copain, le caporal Robin le Nantais, et un deuxième classe, Lebesque, forte tête qui n'arrive pas à garder un galon plus d'un mois, toujours cassé pour indiscipline. Il faut apprendre à se supporter dans un espace clos pas bien grand et où on se retrouve toujours les uns sur les autres. Autour du poste, l'espace ne manque pas, bien sûr ; trop d'espace, trop de vide. Et dans ce vide se glissent sans bruit, invisibles, les pirates. Il n'y a pas longtemps que l'esclavage a été supprimé, au Cambodge, et les anciens esclaves qui ne savaient plus comment vivre ont souvent rejoint les pirates dans la forêt. Leurs coups les plus habituels consistent à voler des bœufs dans les villages et à les acheminer vers le Siam où ils les vendent un bon prix. La frontière que nous devons surveiller est immense et comme les Siamois sont complices des pirates, et qu'il faut éviter d'avoir des engagements avec les soldats siamois, ce qui pourrait mal tourner, c'est comme si on demandait à Alfred de s'amuser à interdire aux mulots de traverser ses champs de maïs. Heureusement, on est tranquilles du côté de la montagne qui est inhabitée et où les pirates, pas plus que les Siamois, n'osent s'aventurer parce qu'ils la croient peuplée d'esprits malfaisants.

« Tu embrasses la petite Suzanne et salue bien Hubert.

« Ton frère affectionné

Aristide »

« Mon cher Alfred,

« Me voilà chasseur, comme les messieurs de chez nous. C'est la coutume au poste et on a repris les fusils laissés par nos prédécesseurs : des carabines rayées pour les gros taureaux sauvages et les éléphants et de vieux hammerless calibre douze à chevrotines. La chasse est entièrement libre, ici, sauf pour les indigènes qui doivent demander le droit à une arme à feu. Comme on n'est pas assez fous pour leur donner de quoi nous tirer des pruneaux dans les fesses, on a tout le gibier pour nous.

« L'herbe est trop dure et trop haute pour pratiquer le chien couchant, mais des chiens courants seraient bien pratiques. Seulement les chiens indigènes nous détestent à tel point qu'ils sont impraticables. Je n'ai jamais vu de pareilles teignes. Le lieutenant nous dit que les chiens de chez nous ne résistent pas au climat. Sauf les bassets griffons vendéens. Tu vois, les chiens du pays sont aussi durs à cuire que nous. Le lieutenant nous a dit aussi avoir fait la chasse avec des chiens importés d'Europe, au Tonkin, qu'ils ne tenaient pas plus d'une heure au soleil et que ceux qui ne mouraient pas d'insolation étaient bouffés par des tigres. Si bien qu'ici on a compris : on se passe de chiens. A la place, on emploie des *nho*, qui sont de tout petits gosses finalement plus dociles et plus rapides que les chiens, et qui présentent l'avantage de ne pas étrangler le gibier.

« On ne chasse que le matin, avant la grande chaleur. Dans les rizières, on lève facilement cent bécassines. Deux chasseurs peuvent alimenter en un rien de temps tous les hommes du poste. L'autre jour, Raymond et moi avons tué soixante-douze sarcelles en trois heures.

« Tout ce gibier vient en supplément à notre ordinaire. C'est te dire si on s'en met plein la panse.

« Tu vois, on ne s'en fait pas. On est *comme le messieu not' maître.*

« Ton frère affectionné qui pense bien à toi et au pays.

Aristide »

Les lettres se banalisaient peu à peu, en décrivant de plus en plus laconiquement le train-train de la vie au poste, réglée comme du papier à musique, avec ses exercices à l'aube (et parfois ses chasses), son jardinage, ses interminables siestes, ses gargantuesques repas, revanches sur des siècles de fringale.

Le poste restait pratiquement coupé de toute nouvelle. Une fois par mois, une patrouille remontait jusqu'à Pursat pour chercher le courrier, c'est-à-dire essentiellement les ordres d'un très lointain état-major. Du conflit européen, les hommes du fortin ne savaient pratiquement plus rien, sinon que la guerre de tranchées s'éternisait. Par contre, la marche inattendue de cent mille Cambodgiens sur Phnom Penh, des Cambodgiens soudain révoltés contre les prestations, eux d'ordinaire si placides, mit le poste en émoi. La garde fut renforcée, les exercices intensifiés et des patrouilles allèrent faire les matamores dans les villages voisins. L'agitation secoua le Cambodge tout l'hiver. Trente mille *nha qués*, armés de bâtons et de hachettes, exigèrent d'être reçus par le roi qui sut les calmer.

Les Cambodgiens avaient beau être doux, les réquisitions, amplifiées depuis la guerre européenne, finissaient par secouer leur apathie. Les Français n'avaient pourtant que repris à leur compte la plupart des impôts préexistants à la colonisation, mais les propriétaires fermiers et les mandarins n'en ajoutaient pas moins leurs propres prestations. Lorsqu'en 1910 la France subit des inondations catastrophiques, le gouverneur général du Cambodge trouva tout naturel de lever un impôt spécial pour les victimes des inondations en France, dans un pays où les inondations revenaient en catastrophe chaque année. Lorsque les P.T.T. construisaient les lignes en forêt, on réquisitionnait sur tout le parcours coolies, pirogues, jonques, éléphants, buffles à charrois. Certains indigènes enlevés à leur village, sans préavis, devaient faire quatre jours de marche, à charge pour eux de pourvoir à leur retour, sans convoi, dans des régions infestées de fauves et de pirates.

Chinois et Annamites dépassaient largement les Français dans l'escroquerie et la fraude. Des Annamites se spécialisaient dans la fausse monnaie et la vente de billets de loterie périmés. Des Chinois parcouraient les villages en répandant des nouvelles alarmantes pour faire baisser les cours du riz dont ils monopolisaient le marché. Mais comme les exactions de la colonisation apparaissaient plus spectaculaires et plus brutales, toutes les calamités retombaient sur le dos des *Fan Kouaï*.

Dans leur petit fortin isolé, les cinquante hommes n'auraient pu tenir que trois jours si les Siamois avaient pris fantaisie de l'attaquer. Chacun en prenait bien conscience, mais tout le monde faisait comme si ce poste perdu dans la brousse valait Douaumont ou Verdun. Les marches matinales, les mises en rang, les garde-à-vous, le démontage et l'astiquage des armes, les plis impeccables des pantalons blancs, le boutonnage des cols officier obligeant les mentons à se tenir hauts et droits, rien ne se relâchait dans une discipline immuable, malgré la chaleur, le manque de spectateurs, l'absence d'officiers supérieurs. Le lieutenant Le Pen valait à lui seul tout un état-major. Isolé dans son pavillon, où il prenait seul ses repas, ne se permettant aucune familiarité avec ses sous-officiers, il n'apparaissait que pour hurler des ordres brefs, répercutés aussitôt par les sergents.

Le soir, le village chinois, qui comptait une trentaine de feux, constituait le principal attrait avec son épicerie, sa fumerie d'opium et sa distillerie de *choum choum*. Les soldats indigènes aimaient autant cet alcool de riz qu'ils appelaient du « lait de tigre », que les marsouins l'absinthe frelatée de l'épicier chinois.

Le *biniou* sonnait le coucher. Notre père retrouvait sa chambre. Il ne manquait pas de prendre dans ses mains le petit éléphant de marbre blanc dont il aimait l'étrange fraîcheur immuable. Puis il se glissait nu sous sa moustiquaire, seulement ceinturé de cette longue bande de flanelle jaunâtre, protection illusoire contre une dysenterie endémique. Insomniaque, il guettait l'arrivée des margouillats, ces petits lézards chasseurs de moustiques sur les rideaux de gaze et qui, s'empêtrant dans les mailles, sifflaient comme des serpents en colère. Le pas sonore des sentinelles sur le chemin de ronde apportait une note rassurante, vite contrariée par les hurlements des chiens errants et les cris horribles d'oiseaux inconnus. Souvent, trop peu fatigué par ses journées paresseuses, il ne s'endormait que quelques minutes, juste avant la sonnerie du *biniou* matinal. Il se levait en titubant, allait se baigner le visage et le torse dans l'arroyo tout proche et revenait en toute hâte pour ne pas manquer la distribution du jus, un café saumâtre qui lui faisait toujours regretter, malgré dix ans de caserne, les soupes au chou bien trempées de sa jeunesse.

Je mangeais ce soir-là sans appétit chez tante Victorine. Malgré plusieurs lavages au savon noir mes mains sentaient trop la poix et la nourriture elle-même en semblait imprégnée. La poix, qui sert à enduire le fil, est d'abord cassée en petits morceaux et mise à fondre dans une grande marmite avec du suif et, si l'on veut que le fil glisse encore mieux, une noix de cire d'abeille. J'apportais la marmite dans la cuisine et la mettais à feu doux sur le fourneau, malgré les cris de tante Victorine qui protestait à chaque fois contre l'intrusion de la bourrellerie dans son domaine privé.

– Vous n'allez pas m'apporter vos saloperies dans ma cuisine.

– Mais, tante, où voulez-vous que je fasse fondre la poix ?

– Ah ! ça, le Berrichon, il n'en fait pas d'autre. Comme s'il ne pouvait pas chauffer un poêle dans sa remise !

Cousin Gaston se gardait bien d'apporter la poix lui-même. J'étais toujours chargé de cette délicate besogne, ma parenté inattaquable me donnant des privilèges.

Mais, pas dupe, tante Victorine ajoutait une nouvelle perfidie, à l'adresse de sa fille qui jugeait inutile de protester :

– Le Berrichon, ça coud comme une femme. C'est pas moi qui en aurais voulu pour mari.

Je tournais la pâte nauséabonde avec une spatule de bois, jusqu'à ce qu'elle devienne bien liquide. Puis je versais la poix dans un seau d'eau fraîche, la coupais en petites boules en prenant soin qu'elle ne me colle pas aux mains (sinon gare à la brûlure) et laissais le tout dans l'eau, prêt à servir le lendemain pour poisser le fil en le roulant sur le tablier de cuir qui me protégeait les cuisses.

La malchance voulait qu'il y eût des caillebottes au dîner et que leur odeur aigre, si gouleyante, n'arrivât pas à surmonter cette senteur de poix et de savon noir qui m'écœurait.

Et comme, on le sait, un malheur n'arrive jamais seul, tante Victorine nous annonça sur un ton quelque peu triomphal :

– Les chemins de fer ne marchent pas encore, avec tous ces ponts cassés sur la Loire, mais des autobus commencent à rejoindre Paris. Ma petite (dit-elle à Odette) tu vas pouvoir repartir bientôt. D'ailleurs la guerre n'en a plus pour longtemps ; les Allemands ont commencé à bombarder Londres.

Nous n'eûmes pas envie de lire les lettres ce soir-là. Allongés sur l'un des hauts lits, pelotonnés l'un contre l'autre, frileux malgré la nuit d'été, rendus muets par l'inéluctabilité de notre séparation, nous retenions notre souffle, comme si cet effort pouvait arrêter le temps. A intervalles réguliers, les claquements des bottes des soldats allemands sur l'asphalte nous ramenaient à notre tristesse. Odette me dit alors cette phrase étrange, enfantine, qui me revient souvent et qui, à chaque fois, m'émeut encore :

– On est comme deux petits enfants perdus dans le bois.

Je racontais à grand-mère, lorsque j'allais la voir avant dîner, certains épisodes des lettres de mon père. Je ne me rendais pas bien compte, car grand-mère apparaissait pour moi trop liée à l'autre clan, celui de ma mère, qu'en réalité mon père était son gendre et qu'elle pouvait peut-être plus m'apprendre sur lui que ces lettres bien vieilles.

Mais grand-mère restait très discrète. Sa peur de déplaire, de choquer, l'empêchait d'émettre quelque jugement que ce fût. Aristide le Cochinchinois existait peu pour elle, ne voyant mon père que sous l'aspect d'un retraité, en civil, qui manquait de sérieux et rentrait le soir trop souvent éméché.

Autant dire qu'il ne s'agissait pas du même homme. L'image la plus tangible du colonial, autant pour ma grand-mère que pour la tante Victorine, se trouvait exclusivement dans ses extravagantes ablutions, tous les matins, dans le chaudron de la cour; et dans ce geste étrange, journellement répété, d'un homme frileux, mettant délicatement en tremblant de fièvre une pincée de poudre dans une feuille de papier à cigarettes : sa quinine.

Si je pressais de questions ma grand-mère sur ce que mon père devait bien quand même raconter parfois de sa vie de soldat, elle se mettait alors à divaguer, à affabuler, me décrivant des chasses au tigre à dos d'éléphant, des descentes de fleuves rapides sur des bateaux de guerre avec des singes hurleurs sur les rives, des réceptions chez le roi et ses princesses; toutes choses dont les lettres de mon père ne parlaient absolument pas.

Serait-ce lui qui en rajoutait dans sa morne vie de petit pensionné? Tante Victorine tenait sur son frère des propos un peu semblables. Elle me montra un jour une sorte de diplôme.

– Tu vois, c'est le roi du Cambodge qui lui a donné ça.

On lisait seulement sur le papier tout froissé à force d'être roulé et déroulé : « Sisowath Ier, roi du Cambodge ». J'avais entendu parler de ce diplôme par ma mère et même ma grand-mère qui répétaient, comme tante Victorine ne manqua pas de me le dire, que seuls les mandarins avaient le droit de porter cette décoration. Où avaient-elles pris ça ? Pas sur ce diplôme où, à part la mention déjà citée, on ne voyait que des caractères aksâr (ou moûl ?) pour nous illisibles.

Bien sûr, j'avais cru moi aussi que le roi Sisowath Ier en personne avait décoré mon père. Mais cela ne signifiait-il pas simplement que l'armée coloniale exprimait son mépris des institutions indigènes en obligeant la monarchie collaboratrice à ravaler ses mandarins à un rang de sous-officier ?

Un autre jour, comme je parlais à grand-mère de l'abondante nourriture dont mon père se réjouissait si souvent, et en particulier de ses orgies de viande, elle me dit que dans sa jeunesse, lorsqu'elle travaillait comme laveuse chez les bourgeois de Fontenay, elle mangeait elle aussi du pot-au-feu tous les jours, mais qu'aujourd'hui elle ne pouvait plus en sentir l'odeur sans en avoir des haut-le-cœur.

– Tu sais, en ce temps-là, on ne mangeait de la viande que le dimanche. Sauf les bourgeois qui, eux, ne faisaient maigre que le vendredi. Laver le linge, pour toute une famille, représente un gros travail. Il faut allumer un grand feu, mettre à bouillir le linge dans une lessiveuse, aller le rincer à la rivière avec une brouette, revenir l'étendre dans un pré. Et le linge mouillé, ça pèse son poids double, si c'est pas plus. Alors, les bourgeois savaient qu'il fallait donner du remontant à la laveuse et bien la nourrir pour qu'elle ne s'endorme pas sur l'ouvrage. On arrivait chez son bourgeois le matin et on en repartait tard le soir. Ça prenait toute une journée, la laverie, et on vous nourrissait à midi. L'habitude voulait, chez les bourgeois, que le jour de la laveuse soit le jour du pot-au-feu. Personne ne voulait être en reste. C'était à qui ferait le pot-au-feu le plus gras. Puisque les pauvres ne mangeaient de la viande qu'une fois par semaine, eh bien, chaque bourgeois se croyait obligé, lorsque venait « son jour », de me gaver de viande à m'en faire péter la sous-ventrière. Et personne n'a jamais pensé que tous les jours (sauf le vendredi où personne ne m'employait comme laveuse), je devais manger du pot-au-feu et m'en extasier comme si je n'en recevais qu'une fois par semaine.

« Mon cher Alfred,

« Je n'avais encore jamais fait une si longue virée dans la brousse. Comme ça s'agitait un peu trop le long de la frontière, le lieutenant nous a envoyés en inspection, sous les ordres de l'adjudant Morisseau. Presque la moitié du contingent du poste, avec le caporal indigène qui nous sert d'interprète et le seconde classe Lebesque. La piraterie se multiplie dans le Nord-Ouest. On ne sait pas ce qu'ils ont, mais les Cambodgiens si calmes jusque-là n'arrêtent pas de déconner. Comme nos toubibs sont passés dans les villages pour les vacciner contre la peste, ces idiots se sont monté le bourrichon et croient que les médecins sont venus leur extirper tu sais quoi ? Le fiel ! Je te demande un peu. Résultat, ils nous ont tué un toubib.

« Seul moyen de remettre un peu d'ordre, montrer notre canonnière et lâcher un pétard de temps en temps sur un village suspect.

« Nous en avons sillonné des arroyos, avec notre " machine à feu ", comme ils disent, et deux grosses chaloupes bâchées pour les hommes au repos et les bagages.

« L'interminable forêt aux arbres à huile, à résine, à vernis, est une bénédiction comparée à ce qui nous attendait après quatre jours de navigation : des arbres rabrougris, clairsemés, n'offrant ni abri ni ombre. Drôles d'arbres squelettiques au tronc rugueux, à l'écorce cendrée, lépreuse, aux feuilles larges, dures et si rigides qu'on dirait des tôles peintes en vert.

« L'adjudant Morisseau est resté dans la canonnière avec la moitié des hommes et j'ai pris le commandement du détachement qui s'est enfoncé dans la forêt. Pendant quinze jours, j'ai vécu seul avec ma petite troupe indigène. C'est la première fois qu'une pareille chose m'arrivait. Heureusement que le caporal Caï parle bien français. On a appris à se mieux connaître. C'est pas un mauvais type. Au fond, ces gens-là ne sont pas si différents de nous.

« Comme les pirates nichent toujours dans la forêt, notre mission consistait à les débusquer. Tu penses que c'est facile et qu'ils ont le temps de déguerpir pendant que l'on fait un boucan de tous les diables à couper les lianes et les broussailles qui nous empêchent de passer. Car le chemin, il faut le faire nous-mêmes. Les ponts aussi. Les soldats indigènes sont très habiles à jeter des petits ponts de lianes au-dessus des arroyos. Parfois un arbre coupé à la hache suffit. Ou bien encore il nous arrive de traverser des rivières à gué, à mi-corps, fusils tendus à bout de bras.

« Le soir, les hommes construisent des gourbis de branchages, en quelques minutes. Comme on ne peut pas allumer de feux qui signaleraient notre position aux pirates, on entend rôder les fauves toute la nuit autour du campement. A choisir entre les tigres et les pirates, on préfère les tigres.

« On a inspecté une dizaine de villages. Le caporal Caï a gueulé de bons coups pour leur faire peur. On a reçu en cadeaux des poulets et des œufs. Puis on est revenus à la canonnière où l'adjudant Morisseau était saoul comme une bourrique.

« C'est la vie.

« Ton frère affectionné qui pense bien à toi et au pays,

Aristide »

« Ma chère Victorine,

« Tu ne peux pas imaginer tous les animaux horribles qui fourmillent ici. On s'habitue et pourtant c'est comme on dit qu'est l'enfer. Avec le feu du ciel y compris. Tu commences à dormir et il te tombe sur le nez un gros lézard flasque comme une bouse. Tu prends tes godillots le matin et tu as intérêt à les secouer parce que, dedans, on trouve toujours ces maudits lézards ou bien des crapauds, si ce n'est pas un serpent. Car les serpents, ça grouille comme la vermine sur le pauvre monde : dans l'herbe, aux cuisines et de préférence aux cabinets.

« Lorsque l'on va en patrouille dans la forêt, c'est moins les boas et les pythons que l'on craint, bien qu'ils puissent étouffer un bonhomme ou un bœuf d'un tour de queue en cinq sec, que les sangsues. Tu ne me croiras pas si je te dis que les sangsues mesurent une main, voire un pied, qu'elles se tiennent sur les branches humides des arbres et qu'elles vous tombent sur la *goule* dès que l'on a le malheur de frôler un tronc. On a beau faire, elles arrivent à entrer dans les chaussures, à s'introduire par le col, les manches, les boutonnières. Lorsqu'on rentre au poste, on a les pieds en sang. Il faut les tuer une à une, en les brûlant avec le tison d'une cigarette. C'est dégoûtant.

« Et quand on a fini avec les sangsues, ce sont les fourmis rouges qui arrivent des bois, en procession, et qu'il faut détruire au pétrole avant qu'elles ne prennent d'assaut le fortin. Sans parler des moustiques avec lesquels il faut bien s'accommoder, même s'ils vous foutent la palu.

« Ah ! vous ne connaissez pas votre bonheur, au pays.

« Ton frère affectionné,

Aristide »

Depuis son expédition dans la forêt, avec le caporal Caï, notre père s'aperçut qu'il pouvait tenir une conversation avec un indigène. Tout le monde l'appelait Caï, bien que ce ne fût pas son vrai nom, *caï* traduisant tout simplement caporal en annamite. D'ailleurs, le caporal Caï lui rendait la pareille, ne l'appelant jamais autrement que le sergent Doï (*doï* signifiant sergent). Quant au lieutenant, il l'appelait « mandarin deux », à cause des deux galons, un capitaine étant appelé communément par les indigènes « mandarin trois » et un commandant « mandarin quatre ».

Le caporal Caï l'obligea à goûter du *choum choum*, au village chinois, qu'il trouva insipide, et à manger des boulettes de hachis de poulet au *nuoc-mâm*. Lorsque notre père sut qu'il s'agissait d'un jus de poisson pourri, il faillit se fâcher. Mais le caporal Caï se moqua :

– Sergent Doï, j'ai bouffé une fois du fromage de *Fançais*. C'était pourri kif-kif, et ça gigotait de vers blancs. Pourtant vous vous léchez la gueule.

Que dit-il, cet imbécile ? Comparer notre fromage à leur saloperie ! Bien qu'au fond il n'ait pas tout à fait tort.

Ces conversations avec le sergent Caï lui ouvraient des portes curieuses. Il en restait toujours à ce qu'il avait entendu à son arrivée à la colonie : les indigènes sont des singes habillés en gonzesses qui poussent des cris incompréhensibles et qui sentent mauvais. Et voilà qu'un de ces singes parlait, accédait au grade de caporal et trouvait même le moyen, de temps en temps, de le faire rire. Il l'interrogeait :

– Pourquoi on nous appelle *Fan Kouaï?*

– *Kouaï,* ça veut dire diables de l'Ouest. *Fan Kouaï,* c'est les *Fançais,* diables de l'Ouest.

Et le caporal Caï riait de ses dents noires.

– Pourquoi as-tu des dents noires, c'est moche ?

– Sergent Doï, tu sais ce qu'on dit, chez nous : les *Fançais* ont des dents blanches, comme les chiens.

Il trouvait toujours réponse à tout, ce macaque.

Le caporal Caï était, lui aussi, fils d'un petit paysan et engagé volontaire. Comme mon père. Cette similitude troubla beaucoup ce dernier. Il se disait bien qu'il ne s'agissait pas de la même chose, que l'on ne pouvait pas comparer Saint-Martin-des-Fontaines et un village à paillotes de bambou, que les paysans vivaient ici comme des bêtes de somme. Mais son père, au sergent Doï, valet de ferme mort alcoolique ; son frère Alfred si misérable dans sa petite borderie ; lui-même, ancien valet couchant dans les écuries, avec les bêtes... qu'avaient-ils de plus que ces *nha qué* poussant leurs charrues dans les rizières ? Il se révoltait contre une telle analogie. N'étaient-ils pas ici les maîtres, à quelques-uns, tenant en respect tout un peuple et de surcroît le protégeant contre son ennemi siamois qui, sans les « machines à feu » des Français aurait achevé de dévorer ce Cambodge depuis si longtemps convoité ?

Le caporal Caï lui parlait des paysans cambodgiens qui, lorsqu'ils ne peuvent plus rien espérer des terres cultivables, par temps de trop longue sécheresse, doivent s'engager comme ouvriers ou coolies dans les pêcheries du Grand Lac ou dans les poivrières de Kampot. Combien de paysans vendéens partaient également travailler dans les conserveries des Sables-d'Olonne ou les sucreries de Nantes ?

– Sergent Doï, le *nha qué* toujours pauvre type. On se crève pour récolter le riz et le coton et quand la récolte réchauffe notre cœur, les chefs des villages et les percepteurs se radinent pour prendre leur boni. Puis les bonzes. Puis les pirates. A la fin, il ne reste plus que quelques grains de riz pour le marchand chinois qui fait la gueule et les achète pour trois fois rien. Tu as vu, au marché de Phnom Penh, ces *nha qué* venus de si loin échanger du sucre de palme contre des poissons secs. Tu as vu tous ceux qui crient la ruine et qui font les mendiants. Moi j'ai couru très vite devant la misère, jusqu'à la caserne des *Fançais* et la misère ne m'a pas rattrapé.

« Et la misère ne m'a pas rattrapé »... Cette petite phrase trottait dans la tête de notre père. Il avait beau vouloir la chasser, vouloir l'entendre avec l'accent du caporal Caï, elle devenait sienne ; elle résumait sa propre aventure. Oui, finissait-il par se dire, moi aussi j'ai fui devant la misère et la misère ne m'a pas rattrapé. Que serait-il devenu sans son engagement dans l'armée, paysan sans terre, valet de ferme sans maison, loué de ferme en ferme aux foires de la Saint-Michel, travaillant seize heures les jours d'été et laissant le dimanche au cabaret la paye de la semaine ?

Il se regardait dans la glace encadrée de bambou qui ornait sa chambre, ajustait bien serré son col officier, lissait sa moustache et ses cheveux, caressait ses galons dorés. Ces galons lui donnaient des bouffées de plaisir. Ils lui confirmaient qu'il avait su courir vite et loin, que la misère s'était lassée de le suivre. Sergent Doï... Le caporal Caï l'amusait. Mais il ne fallait pas non plus se laisser attendrir par ses jérémiades. Ce n'était qu'un indigène, après tout.

« La France aux Français ! » tel était le gros titre du journal que tante Victorine nous mettait sous les yeux avec jubilation.

– Ecoutez-moi ça ! Pour occuper un emploi dans l'administration il faudra désormais être de père français... Décret-loi pour la déchéance de la qualité de Français... Enfin, les métèques vont être mis au pas...

Je regardai Odette qui ne bronchait pas. Bien sûr son père, notre père, était français. Mais pourquoi ne pas exiger le pedigree de la mère, la prochaine fois ? Et alors, s'il fallait que la mère soit française pour rester employée de l'État, Odette pourrait-elle continuer son métier d'infirmière ?

– L'offensive allemande contre l'Angleterre est imminente, poursuivait tante Victorine. Des canons de trente-six mètres sont installés à Calais pour bombarder Londres...

Puis elle nous lut un article sur « l'héroïque résistance des Cadets de Saumur ».

Toujours les hauts faits de l'armée française, à tel point que l'on eût pu penser, en lisant le journal, que nous avions gagné cette guerre haut la main et que les soldats allemands qui patrouillaient dans nos rues n'étaient en réalité que nos invités.

« Mon cher Alfred,

« Je reviens d'une chasse à la surprise, en char à bœufs. J'ai pourtant bien eu l'habitude, autrefois, des chars à bœufs, mais j'en suis revenu le corps tout endolori. Il faut te dire qu'on abandonne vite les chemins tracés et qu'on roule comme on peut dans la brousse. Les boys font passer leurs bœufs à bosse n'importe où, en forêt comme en marécage. Roule ou crève. Nous, les chasseurs, on se tient à l'arrière de la charrette, calés avec de la paille pour ne pas se casser les côtes avec les cahots et on fait gaffe aux branches et aux épines qui vous arrivent comme un fouet sur la gueule. Pour découvrir les bœufs sauvages, dans les grandes herbes *tranh,* il faut avoir de bons yeux parce qu'ils y disparaissent presque en entier. L'avantage, c'est, bien sûr, qu'on est peu vu non plus et que le gros gibier, plus intrigué qu'effrayé par cette charrette silencieuse, se laisse approcher de très près et que parfois on peut même tirer des bœufs sauvages et des cerfs couchés.

« Mais notre chasse consistait, cette fois-ci, en une expédition punitive contre les éléphants qui causent des dégâts considérables dans les plantations et arrachent les poteaux télégraphiques. Il faut te dire que si les éléphants sont domestiqués à Phnom Penh, si l'on voit dans les pagodes des éléphants sacrés vénérés par les bonzes comme la statue de la Vierge chez nous (mais c'est une dévotion plus encombrante et plus remuante), si dans la forêt il existe des pistes pour les éléphants dressés à ramasser des grumes avec leurs trompes, par contre la brousse est surpeuplée d'éléphants sauvages et le chemin de fer ne circule pas la nuit de peur d'entrer en collision avec ces mastodontes.

« La chasse à l'éléphant est dangereuse parce que ces animaux ne sont pas des imbéciles et que, si on en tue un, les autres, au lieu de se défiler, peuvent rappliquer et vous charger comme des malpropres. Mais ça s'est bien passé. On a pu réussir à tirer les deux plus gros du troupeau et à disperser les autres. L'astuce est de les faire passer au Siam en espérant qu'ils y restent.

« En tuant quelques éléphants, ça satisfait les paysans qui voient que l'on est aussi là pour protéger leurs récoltes et qui, par-dessus le marché, reçoivent en cadeau un beau paquet de viande. Avec la graisse d'éléphant ils fabriquent un médicament qui guérit je ne sais quoi. Les boys coupent les trompes comme du saucisson, les font cuire à petit feu sur un brûlot de fougères, de palmes et de palétuviers et nous les servent bien à point. Ma foi, on croirait goûter de la langue de bœuf. Le lieutenant a ordonné aux boys de scier les huit énormes pieds dont il a l'intention de faire des cache-pot à fleurs. Quant aux défenses, on les portera à la Résidence, à Pursat, la prochaine fois que l'on ira. Ça n'est pas pour nous.

« Tu vois ce que sont nos lapins de garenne.

« Ton frère affectionné, qui pense bien à toi et au pays.

Aristide »

Aristide le Cochinchinois avait donc fini par approcher les éléphants de plus près. Il devait aussi s'apercevoir que les tigres n'étaient pas aussi mythiques qu'il le pensait, ne serait-ce qu'en raison de la peur des soldats indigènes lorsque le crépuscule, qu'ils appelaient l'heure du tigre, obscurcissait les alentours du poste. Pas question de les faire alors sortir du fortin. Tout en conservant l'impression que les indigènes exagéraient avec leur panique du tigre, tous les villages ne s'entouraient pas moins de palissades de bambous terminés en pointes de sabre, de trois mètres de haut, flanquées d'un piège à tigre, fosse recouverte de branchages avec un veau comme appât, souvent empoisonné à la strychnine de vomiquier.

Le lieutenant Le Pen recevait parfois ses sous-officiers dans son pavillon, qu'il invitait pour le café. Mais ces réceptions n'offraient rien d'agréable, le lieutenant n'organisant ces rencontres que pour exprimer ses mécontentements. Ainsi, il reprocha à notre père de fréquenter le caporal Caï.

– Un peu de retenue, que diable! Gardez votre rang. Le caporal Caï est un faux-jeton. Aussi vachard avec ses compatriotes qu'insolent avec nous. Je l'ai vu agir à Phnom Penh, comme interprète. Pour être considéré, il était bien considéré par l'état-major. Avec lui, les interrogatoires ne faisaient pas long feu. Simplement, il ne savait pas que le capitaine Deloncle comprenait le cambodgien. Alors, je vais vous raconter ce que ça donne un interrogatoire avec le caporal Caï comme interprète.

» Le prévenu commençait toujours par s'emberlificoter dans de longues explications. Le caporal Caï l'arrêtait sec : " Tu ennuies le capitaine, avec tes boniments. Tu sais bien que tu es coupable. Alors ferme-la et dis que tu es coupable. " Puis il s'adressait au capitaine : " Il dit que c'est lui, mon capitaine, il reconnaît tout. C'est un pirate. " Le capitaine essayait d'en savoir plus, demandait en français au prévenu, qui n'y comprenait rien, où il se trouvait tel jour à telle heure, s'il connaissait tel complice, s'il était passé par tel village. Enfin un interrogatoire en règle, comme ça doit se faire. Mais le caporal Caï traduisait : " Tu vois bien que tu ennuies le capitaine. Il est pressé d'aller bouffer et moi aussi. " Et comme l'animal protestait, voulait s'expliquer, il lui répliquait : " Tu es aussi bavard qu'un avocat français. Ferme ta gueule, sinon il va t'en cuire. " Puis, se tournant vers le capitaine : " C'est un vrai moulin à prières. Il répète toujours la même chose. "

» Le capitaine Deloncle comprenait tout mais faisait comme s'il n'entendait rien. Ce n'était quand même pas à lui de montrer qu'il comprenait une langue de sauvages. On a sa dignité. Mais il n'en méprisait pas moins le caporal Caï. Alors, sergent, faites comme lui, servez-vous de Caï, nous en avons besoin, mais ne lui montrez pas d'amitié. Ces gens-là ne sont pas comme nous. Laissons-les se débrouiller entre eux. Du moment que l'ordre règne, c'est le principal. Le reste ne nous regarde pas.

De quoi se plaignait le lieutenant ? On n'allait quand même pas reprocher au caporal Caï de ne pas aimer les pirates. Et le capitaine Deloncle ne se vantait-il pas en disant qu'il comprenait le cambodgien ? Ça ne s'était jamais vu, un gradé qui parlait indigène ! D'accord, notre père entendait bien qu'il devait se méfier du caporal Caï. Le lieutenant avait raison de le lui rappeler. Avec leurs yeux bridés on ne voit jamais bien leur regard. Ils sont comme des chats. On croit les entendre ronronner et ils sont prêts à griffer. Ils marchent si silencieusement qu'on ne les entend jamais arriver. On se retourne et on a la stupeur d'en trouver un dans votre dos qui vous regarde bizarrement à travers les si minces fentes de ses paupières.

Notre père prenait goût à la chasse qu'il pratiquait toujours avec son copain Raymond. Un jour, ils abattirent un paon de huit livres qu'ils dévorèrent à six (les six Français du poste, tous grades confondus, et même le sans-grade Lebesque qui, tant de fois dégradé, finissait par devenir une sorte de sous-off honoraire). Un autre jour, ils s'amusèrent à tirer un singe, assis sur une branche, qui les regardait passer. Le singe tomba, les reins cassés. Aussitôt, de tous les arbres jaillirent des cris, des sifflements, des bruits de branches brisées. Une multitude de singes descendit en chapelets le long des troncs et, cependant qu'une dizaine d'entre eux couraient ramasser le mort et l'emportaient dans les futaies, les autres, en trépignant et en montrant leurs dents avec d'affreuses grimaces, se précipitaient sur les deux chasseurs ahuris qui, saisis de panique, s'enfuirent vers le poste avec à leurs trousses une meute de singes hurleurs.

Aristide le Cochinchinois devait garder longtemps un mauvais souvenir de ce singe abattu, une sorte de remords, comme d'un assassinat. Il en parlait dans plusieurs de ses lettres. Et les singes hurleurs, qui ornaient ses récits de retraité, devaient sans doute sortir de ce peu glorieux épisode.

Étrange qu'un singe mort lui soit resté en reproche sur la conscience alors qu'il n'apparaît dans aucune de ses lettres le moindre trouble moral à propos des villages canonnés, des paillotes brulées et des cadavres d'indigènes retournés face au ciel d'un coup de godillot.

Deux photos, non datées, non localisées, qui me sont parvenues seulement après la mort de ma mère, proviennent sans aucun doute du fortin cambodgien. Seuls, les galons sur les manches me permettent d'identifier les compagnons de mon père qui, lui, sur les deux photos, se croise les bras, ce qui met bien en valeur ses sardines obliques de sergent. Tête nue, une petite moustache retroussée accentue cet air espiègle qu'on lui voit si souvent. Le lieutenant Le Pen tient les jambes écartées, bombe le ventre et arbore aussi des moustaches, mais à la gauloise. Il fume un gros cigare. Son visage rubicond et veule est celui d'un maquignon qui a réussi à fourguer à la foire une haridelle. L'adjudant Morisseau est coiffé du képi noir à ancre de marine dorée, insolite sur ces photos où tous les participants, qui se sont découverts pour la pose, ont à leurs pieds (comme cela semble une habitude coloniale lors des séances photographiques) leur haut casque blanc. Morisseau, moustachu, les yeux vifs, n'a pas l'air plus ivrogne que les autres. Il montre même, plutôt, une bonne tête d'artisan campagnard. Le sergent Raymond est le seul qui, sur les deux photos, affiche un sourire qui ressemble à un rire. Que mon père en eût fait son copain va de soi. Il demeure encore, soixante-cinq ans après, étonnamment vivant sur ces photos. Comme on dit de certains acteurs qu'ils crèvent l'écran, le sergent Raymond crève ces vieux clichés, sort du cadre. Il me semble entendre son rire. Il représente le type même du colonial qui ne devait pas s'en faire, prenant la vie du bon côté, comme on dit. Raymond, avec qui mon père passera encore de bons moments à Marseille, où ils vivront leur ultime vie de célibataires, à la veille de la retraite, faisant ensemble leur popote de vieux garçons... Le caporal Robin se tient bien sûr au second plan, près du soldat Lebesque. Ils se font si discrets, derrière les sous-offs, que leur regard en perd toute expression. Lebesque est coiffé de son casque blanc, comme d'une cloche à melon.

« Mon cher Alfred,

« Non, ne crois pas qu'il n'y a que des éléphants et des paons comme gibier. On tue aussi des chevreuils, des cerfs, des sangliers, des faisans, des grosses perdrix, des cailles, comme chez nous. C'est le paradis du chasseur. On n'arrive pas à tout boulotter, bien qu'on y mette un rude coup, ce qui nous oblige à distribuer du gibier aux indigènes. Mais ces imbéciles font la fine bouche. Ils préfèrent leur insipide poisson séché.

« Le caporal Robin le Nantais est tombé dans une de ces trappes creusées par les indigènes dans la forêt pour attraper les tigres. Encore heureux que ne se trouvaient pas, au fond, des pieux de bambou empoisonnés. Il s'en tire avec un mois d'invalidité. On a dû le conduire à Pursat, dans un char à bœufs, comme un roi fainéant. Ici, comme tu penses, il n'y a pas de médecin.

« Les pièges des indigènes, dans la forêt, c'est la plaie. Non seulement ils creusent des chausse-trappes camouflées par du feuillage, mais ils dressent des assommoirs en coupant des arbres qu'il couchent au-dessus des sentiers, dans un équilibre instable. Si un gros animal fait une simple pression sur les lianes, le tronc l'écrase. Mais si cet animal c'est Bibi, me voilà moi aussi transformé en galette. Il faut vraiment regarder où on met les pieds... »

« Ma chère Victorine,

« Rien à dire pour la bouffe sinon que le foie digère tout ça assez mal. Heureusement l'absinthe des Chinois est là pour nous nettoyer l'estomac. Je sais bien que tu vas encore me dire que je m'esquinte les boyaux avec mon alcool, mais c'est un ordre du lieutenant : interdit de boire de l'eau pure. L'eau, ici, est un poison. Mais oui, comme je te le dis. Seul l'alcool tue les bactéries.

« Si les victuailles sont toujours fraîches, par contre la vaisselle aurait bien besoin d'être remplacée. Toutes les assiettes sont ébréchées et les soupières n'ont plus d'anses. Si ça continue on finira par manger dans des feuilles de bananier comme certains indigènes trop pauvres pour se servir de bols. Le lieutenant devrait bien nous acheter de la vaisselle neuve à Pursat, mais il est radin, comme si ce que le résident lui donne pour l'économat sortait de sa poche. Ce n'est pas qu'il s'en serve pour lui. Mais il aime faire des économies. C'est sa fierté. Mettre des piastres de côté pour le régiment. Lorsque viendra la relève, il veut pouvoir offrir un magot à son successeur. Chacun prend son plaisir où il le trouve. Mais en attendant, manger du paon dans des assiettes fendues qui perdent leur sauce, ça la fout mal. Le soldat Lebesque m'a dit que le lieutenant était un ancien sous-off, sorti du rang. C'est pour ça qu'il crâne tant.

« J'ai acheté des cadeaux pour la famille au marché de Pursat : des pièces d'étoffe de soie, des nattes souples en bambou tressé très fin, des éventails en plumes d'hirondelle et pour ta petite Suzanne une mandoline à long manche que les indigène appellent *chappey*. Mais quand pourrais-je vous les apporter ? La guerre s'éternise en France et, ici, loin de tout dans notre fortin, nous avons l'impression que le temps est immobile. Chaque jour ressemble au précédent, réglé comme du papier à musique. Les exercices du matin, la sieste de l'après-midi, les patrouilles, la chasse, l'insomnie la nuit, le cafard souvent. Et, par-dessus le marché, notre linge que les boys lavent dans l'eau saumâtre de l'arroyo sent le Chinois.. »

Je ne me lassais jamais de regarder travailler cousin Gaston. Bien qu'initié au métier de bourrelier, autant qu'un apprenti pouvait l'être, je trouvais inimaginable de pouvoir arriver à connaître le maniement de tous les outils que je lui voyais employer, d'acquérir des tours de main aussi divers et aussi complexes. Outils aux noms bizarres et charmants : la lissette en os, bombée sur une face et plate de l'autre, ayant un côté rond et un côté pointu, avec laquelle il lissait à la fois les cuirs et y traçait des traits ; le mandrin, petit outil en bois de l'épaisseur et de la largeur d'une courroie, servant à donner la forme aux passants ; la plane, outil en acier garni de bois à ses deux extrémités, pour travailler les attelles ; la rainette en forme d'U, dont la pointe recourbée et tranchante sert à tracer les coutures sur le cuir ; la tricoise qui sert à arracher les pointes.

Confectionner un collier, une selle, et même une simple bride ou un licol me semblait tenir du tour de force, une telle accumulation de savoirs devant se conjuguer pour arriver à ces chefs-d'œuvre. Une bride comporte en effet un frontal, un dessus de tête, un porte-œillères avec sanglon, une sous-gorge, un mors dit lorrain, plus le grand et le petit côté des rênes ; à la fois parure et mécanique ; cuirs articulés bardés d'œillets, de boucles en cuivre et en nickel, de dés, d'anneaux, de passants, de coutures.

Un collier demandait d'ajouter à ceux de bourrelier des dons de menuisier et de peintre-décorateur, – le bois de hêtre des attelles, choisi pour sa légèreté et sa résistance à la pose des boulons, des vis et des rivets de ferrure, étant finalement amoureusement peint en bleu ou en rouge vif, avec parfois des figurations de guirlandes de fleurs ou d'oiseaux.

Avant de confectionner un collier ou une selle, cousin Gaston découpait un patron dans des feuilles de journal qu'il posait sur le plancher de la bourrellerie. Puis il sciait les pièces de bois, tranchait le cuir, tassait les bourrians dans la toile, ajustait les quartiers sur l'arçon, garnissait la bossette avant, enchappait le pommeau à contre-sanglon et la bâtine, posait le croissant qui est l'arcade de la selle et le chanteau qui en est la corne. Merveilleux assemblage, avec force coutures à deux aiguilles, surtaillages, enchapures, mandrinages, chantournages à la scie, maniement expert de l'alêne et du carrelet courbe, lissages, clouages, encuirages, liures, pertuis, surtaillages au morceau de verre à vitre, brunissage au rouge, affilages, chamoisages. J'en passe. Tante Victorine se montrait vraiment trop injuste de considérer son gendre comme un imbécile. J'aurais aimé devenir un aussi bon ouvrier et je songeais parfois à revêtir définitivement ce tablier de cuir que j'étais si fier de porter. Mais déjà, monter une simple accouple sur un manche de fouet en micocoulier, ou confectionner un simple collier de chien, ces deux épreuves du parfait apprenti me paraissaient au-dessus de mes compétences.

Et puis Odette me houspillait lorsqu'elle me surprenait à rêver de bourrellerie.

— Tu ne vois pas que ce pauvre cousin Gaston se crève du matin au soir pour gagner trois sous. Regarde les Allemands, ils n'ont plus de chevaux. Tout est motorisé chez eux. Les uhlans roulent en side-cars. Bourrelier, ce n'est pas un métier d'avenir. Il y aura toujours des chevaux dans les cambrousses, bien sûr, pour tirer les charrues, mais tu vois quand tu vas dans les fermes avec tes factures comme les campagnards sont sourds du portefeuille. Non, enlève-toi ça de la tête. C'est en ville qu'on peut faire son trou. Ah ! si je pouvais t'emmener avec moi !

L'adjudant Morisseau n'était pas seulement saoul d'alcool. Il entraîna un soir notre père dans une petite cagna, isolée sous les palmes. Une congaï aux dents noires les reçut, qui parlait français. L'adjudant Morisseau l'appelait Bernadette. Bernadette, annamite, avait appris le français à la Sainte-Enfance de Saigon, maison de religieuses recueillant les métis de femmes indigènes et de soldats de la coloniale. Les garçons devenaient boys ou interprètes. Mais comme les missionnaires croyaient bien faire d'enseigner d'abord la langue liturgique, il fut un temps, en Indochine, où les Annamites occidentalisés parlaient plus facilement le latin que le français. Les filles, elles, héréditairement, devenaient congaïs à soldats, comme leurs mères.

Bernadette, dans un jacassement de perruche, préparait les pipes d'opium pour ses visiteurs. Les pipes, faites d'une tige de bambou, se terminaient par un fourneau en métal. L'adjudant Morisseau convia son complice à s'étendre sur un lit de camp en bois, recouvert d'une natte. Puis à poser sa tête sur un traversin de poterie. Fasciné et inquiet, notre père regardait Bernadette plonger une aiguille à tricoter dans un flacon où du suc de pavot ressemblait à du miel de blé noir. Elle ramenait à l'extrémité de l'aiguille une gouttelette qu'elle présentait à la flamme d'une lampe à pétrole. La goutte s'enflait. En la replongeant dans le flacon et en la chauffant à chaque prise la goutte grossissait,

grossissait, finalement ronde comme un noyau de cerise. Bernadette s'approcha alors des deux hommes allongés et introduisit la « cerise » dans le fourneau de la pipe de l'adjudant Morisseau. Il aspira. Une fumée bleue se dégagea en volutes. Bernadette préparait une seconde pipe pour l'invité qui regardait Morisseau, toujours silencieux, le regard brillant.

Dehors la forêt bruissait de froissements de végétaux et de cris stridents d'oiseaux. Peu à peu le regard de Morisseau se voila, devint opaque. L'adjudant était parti ailleurs, dans cet ailleurs qui lui donnait perpétuellement cet air égaré, mis sur le compte de la boisson.

Le 19 juillet 1940, *Le Phare de la Loire* titrait en gros caractères : « Nombreuses protestations pour le non-tirage de la Loterie nationale en juin. » Le 20, le chancelier Hitler rendit solennellement hommage à l'armée française et lança parallèlement un appel à l'Angleterre pour qu'elle cesse les combats. Le 22, Churchill répondit par un refus de négocier. Aux États-Unis, Roosevelt acceptait d'être candidat à la présidence. Les trois pays baltes, dont on n'arrivait jamais à se souvenir des noms, votaient leur rattachement à l'U.R.S.S. Mais ce n'étaient pas ces nouvelles qui mettaient en émoi les Fontenaisiens. D'autres événements retenaient en effet toute leur attention. D'abord, les Allemands ayant annoncé qu'ils donneraient un concert dans le kiosque à musique de la place Viète, le dimanche suivant, chacun débattait pour savoir s'il serait incorrect de s'y rendre, ou impoli de ne pas y assister. Ensuite, les premières restrictions qui se concrétisaient par l'interdiction de vendre des croissants et des brioches dans les boulangeries nous posaient un réel problème ethnique. La brioche vendéenne n'était-elle pas l'une des plus glorieuses spécialités du pays, dont la renommée dépassait de beaucoup notre département ? Interdire la brioche portait atteinte à notre honneur. Le vent de la révolte et de la clandestinité, toujours prêt à souffler en Vendée, commençait à se lever.

Tante Victorine n'était pas la dernière à proclamer, à qui voulait l'entendre :

– Eh bien, si les boulangers ne font plus de brioche, on la cuira nous-mêmes. Il ne manquerait plus qu'ils nous suppriment la galette pâcaude, pendant qu'ils y sont. Moi, dans ma vie, j'en ai fait lever des miches de pain, j'en ai enfourné des livres et des livres. Qu'on me donne de la farine et je fournis tout Fontenay en brioche. Et même en pain polka par-dessus le marché !

Ce que n'imaginait pas tante Victorine, ni personne d'ailleurs, c'est que très bientôt la farine allait manquer, puis le pain. Nous nous trouvions toujours dans ce temps suspendu, autour de l'armistice, dans l'attente imminente de la fin de la guerre qui ne tenait plus, croyait-on, que dans l'obstination désespérée des Anglais isolés dans leur île. Déjà les réfugiés de la région parisienne se préparaient à rentrer. Les trains ne circulaient toujours pas, mais quelques autocars à gazogène remontaient vers Paris.

Le 26, le maréchal Pétain reçut le grand collier de la Légion d'honneur. Les usines Citroën, Renault et Peugeot annoncèrent qu'elles allaient rouvrir leurs portes.

Le 28, la R.A.F. bombarda Nantes.

– Ça y est, dit tante Victorine, les Anglais nous attaquent chez nous. Ah ! on a beau dire, ils ne nous feront jamais de cadeaux. Jeanne d'Arc brûlée, Napoléon sur son rocher, Fachoda... Je l'ai bien toujours dit.

Odette, les yeux plissés par un imperceptible sourire, me dit très haut, pour être entendue par toute la famille attablée :

– Tu vois, ce n'est pas le moment de rentrer à Nantes. Il faut encore attendre un peu, que la guerre finisse.

– La gamine a raison, approuva tante Victorine. Écoutez, c'est écrit dans le journal : « L'offensive allemande contre l'Angleterre est imminente. La semaine des grands préparatifs est achevée. Le coup final n'est plus qu'une question d'heures. » Si ce n'est plus qu'une question d'heures, vous n'avez pas à vous presser, mes drôles. On est bien contents de vous avoir avec nous. Ça me rappelle le pauvre défunt Aristide. Ah ! s'il voyait cette guerre, qu'est-ce qu'il dirait, lui qui a usé sa santé à défendre l'Indochine contre les Anglais !

Tante Victorine possédait de curieuses notions d'histoire, qu'il n'eût pas fait bon de contredire. De Vercingétorix à Pétain, elle voyait dans une parfaite continuité l'Angleterre assaillante et la France martyre. Et comme je m'enhardis un jour à tenter de développer l'histoire des Romains et de la guerre des Gaules, elle me répondit sans hésitation :

– Les Romains, c'étaient pas des espèces d'Anglais, peut-être !

Autres ennemis non moins permanents : les Prussiens. Nous ne finissions pas un repas sans qu'elle se frotte les mains en disant avec une certaine espièglerie qui, en raison de son âge, apparaissait un peu ridicule : « Encore un que les Prussiens n'auront pas ! » Elle répétait toujours que grâce à *notre* Clemenceau les Prussiens « avaient été battus en 14 », et que maintenant le maréchal Pétain ayant « sauvé notre honneur », la France « gardait la tête haute ». Les Prussiens circulaient certes dans nos rues, mais qu'ils en décousent avec les Anglais renvoyait nos deux « ennemis héréditaires » dos à dos. « Qu'ils se débrouillent ensemble et s'ils pouvaient s'étriper mutuellement, bon débarras ! »

Tante Victorine avait été l'une des premières à soutenir qu'il ne fallait pas se rendre au concert « des Prussiens » sur la place Viète. On l'écouta. Les Allemands jouèrent leurs morceaux sans public. La place Viète, toujours très peuplée le dimanche, resta déserte. Même les enfants transportèrent ailleurs leurs parties de saute-mouton et de colin-maillard. Seuls quelques vieux, que leur surdité excusait, à l'écart du kiosque, assis sur de vieilles chaises en fer rouillé, continuaient leurs habituelles parties d'aluette.

« Ma chère Victorine,

« Mon copain Raymond vient de s'installer dans une canha, près du poste, avec une congaï. Il l'a achetée à sa mère pour la durée de notre séjour. C'est ainsi que se font les mariages, ici. Si jamais la congaï devient infidèle, ou s'en va, eh bien, la mère doit rembourser le prix d'achat. Elle s'appelle Sinoun. »

La suite de la lettre ne comportait que des banalités. Une autre lettre à tante Victorine parlait d'une épidémie de choléra :

« Le lieutenant s'est improvisé médecin. Nous avons eu un mort indigène. Le soldat Lebesque, paniqué par une dysenterie, pire encore que celle dont on a l'habitude, a été sauvé par le lieutenant qui lui a fait avaler du ratafia. Nous étions renfermés dans le poste comme pour soutenir un siège. Car autour, dans tous les villages, le choléra faisait des victimes. Et ces imbéciles accrochaient les cadavres dans les arbres, ce qui empoisonnait l'atmosphère, ou les jetaient dans les arroyos, ce qui contaminait une eau déjà pleine de saloperies. On a été obligé d'envoyer des tirailleurs pour brûler les morts sur des bûchers. C'est assez effrayant de se sentir cerné par l'épidémie, surtout que l'hôpital le plus proche se trouve à Phnom Penh, c'est-à-dire à plusieurs jours de brousse, de pirogue et de va-

peur. On a le temps de clamser avant d'arriver.
« Le petit cimetière du poste, entouré d'une clôture de bambous pour que les fauves ne déterrent pas les cadavres, nous rappelle que trente marsouins, avant nous, ne sont jamais repartis. »

Une lettre à Alfred relatait des cas de désertion dans les rangs des soldats indigènes :

« Le caporal Caï s'est fait drôlement engueuler par le lieutenant. Je lui ai demandé pourquoi les *pains d'épice* s'étaient tirés et il m'a répondu que les Cambodgiens sont de mauvais soldats, qu'il s'agissait de recrues tirées au sort et qui n'étaient venues servir que contraintes. Et puis, ils ont peur des pirates. Ils disent qu'un de ces jours le poste sera cerné et qu'on nous zigouillera tous.
« Sans doute les nouvelles de Saïgon, parvenues avec six mois de retard, ont-elles jeté la panique. Il s'est produit une révolte au pénitencier de Thai-Nguyen et une partie de la garde indigène a fait cause commune avec les bagnards, ce qui est un monde ! L'inspecteur Martini, pris par les rebelles, a été décapité. Ce sont les zouaves qui ont dû dégager le poste. Mais les évadés du bagne et les mutins de la garde indigène forment maintenant une nouvelle bande de pirates bien armée. On dit qu'ils seraient passés au Cambodge. »

Une autre lettre à Alfred parlait de femmes indigènes tuées par des villageois qui les accusaient de sorcellerie, de bandes de pirates recherchées par nos canonnières.

« Nous quittons le poste en pleine nuit, sans bruit, pour ne pas alerter les villages voisins qui, finalement, sont de moins en moins sûrs. On pousse les canots dans la lagune. On se parle à voix basse. Nos armes sont enveloppées d'étoffes pour éviter les cliquetis. Et on s'enfonce comme des chats sauvages dans les méandres des arroyos de la forêt. A l'aube, on tombe sur les villages par surprise. Seulement on ne trouve jamais rien et on ne fait peur qu'aux petits cochons noirs et aux oies. Mais on sait bien que, quelque part, derrière les kapokiers et les camphriers, les pirates nous regardent. Si bien que le lieutenant nous interdit de faire les feuillées à plus de vingt mètres d'un bivouac. »

Lors d'une de ces expéditions nocturnes, le seconde classe Lebesque disparut. Le lieutenant Le Pen ne décolérait pas : « Que les indigènes désertent, passe encore. Un de perdu, dix de retrouvés. Mais un de chez nous, ça ne s'est jamais vu. Il doit être tombé dans une fosse à tigre. Vous avez mal cherché. Ratissez-moi votre itinéraire au peigne fin, nom de Dieu ! »

L'adjudant Morisseau d'un côté, le sergent Raymond d'un autre, notre père ailleurs, la section se divisa pour fouiller les sous-bois. Le caporal Caï avait été envoyé avec une autre patrouille dans les villages pour interroger les *pains d'épice*, comme disait Aristide le Cochinchinois qui ne parlait jamais de Jaunes. Personne ne savait rien, n'avait rien vu.

Il se passa une semaine puis, un matin, en descendant faire ses ablutions matinales, notre père vit face au poste, cloué sur un aréquier, comme un épervier sur une porte de grange, le seconde classe Lebesque, les bras en croix. Son visage tuméfié était méconnaissable. Son uniforme bleu, taché de sang, déchiré par endroits, ressemblait à un habit de pantin en chiffon. Il n'avait plus son casque et, sur ses cheveux ras, s'affairaient déjà des fourmis rouges.

Une trente et unième tombe fut creusée pour le soldat Lebesque. Le lieutenant chargea notre père de trier le contenu de la cantine du défunt, de brûler ses vêtements et ses objets et de ne conserver que ses papiers militaires qui seraient envoyés à la famille. Bizarrement, notre père n'a pas remis ces papiers aux autorités puisque je les ai retrouvés mélangés au livret militaire et titres de pension de ce dernier.

J'en déduis que le seconde classe Lebesque avait déjà fourni, au moment de sa mort, plus de quinze ans de service. Il s'était donc maintenu, sans grade, bien au-delà des séjours normaux à la colonie. Natif d'une commune de Franche-Comté, à la rubrique profession de son livret militaire, on lit : boulanger. A la rubrique campagnes : la Cochinchine au 3ᵉ régiment de marche; l'Annam en guerre au 2ᵉ régiment d'infanterie de marine; la Cochinchine de nouveau; le Tonkin en guerre; encore la Cochinchine; puis le Cambodge. A la rubrique blessures, actions d'éclat, citations : néant. A la rubrique décorations : la « médaille commémorative de l'expédition du Tonkin, de la Chine et de l'Annam instituée par la loi du

3e RÉGIMENT D'INFANTERIE COLONIALE
IIe Compagnie
RELEVÉ DES PUNITIONS
du nommé Lebesque Louis, soldat de 2e classe, N° Mle 1665, depuis son admission au Corps le 20 décembre 1896 jusqu'à ce jour.

Dates des – punitions	*Nombre de jours* Consignes au quartier	Consignes à la chambre	Salle de police	Prison	Cellule	*Par qui les punitions ont été infligées*	*Motifs des punitions*
1897							Comme soldat de 2e classe.
10 février	4					Chauvin, caporal	A répondu à ce caporal qui lui faisait une observation au sujet de sa capote : « Je m'en fous. » (1re fois).
d°	•	•	4	•	•	M. Leclerc, capitaine	En échange.
12 avril	4					Marcelin, sergent	Étant de garde de nuit dans la batterie, s'est couché et a ainsi manqué à ce service (1re fois).
d°			4			M. Hardy, sous-lieut.	En échange.
1898							
18 juillet			4			Francœur, adjudant	S'est dit malade pour l'exercice des employés et ne s'est pas présenté à la visite du docteur (1re fois).
3 août			2			M.O.	S'est esquivé de l'école dans les chambres (1re fois).
29 septembre			2			M.O.	S'est couché pour l'appel de retraite sans demander la permission (1re fois).

Dates des punitions	*Nombre de jours* Consignes au quartier	Consignes à la chambre	Salle de police	Prison	Cellule	*Par qui les punitions ont été infligées*	*Motifs des punitions*
26 octobre			2			Majorité générale	N'a pas porté l'arme au passage de la ronde major.
29 septembre	4	●	●	●	●	Beauclair, serg. four.	N'a pas salué ce sous-officier et a haussé les épaules lorsque ce sous-officier lui en faisait l'observation (1re fois).
1899 6 mars			4			M. Diguet, capitaine	A élevé la voix pendant la distribution (2e fois).
20 avril	4					Prost, sergent	Pour excitation à l'indiscipline en disant à un de ses camarades, devant ce sous-officier : « Il faut être fainéant et n'avoir pas de sang dans les veines pour faire un sale métier pareil. J'aimerais mieux tirer le pied de biche pour avoir un morceau de pain. » (2e fois.)
30 mai					8	Chef de bataillon	En échange.
8 avril	4					Sergent	Réponse déplacée (3e fois).
d°				8	●	Lt Ct le détachement	En échange.
1900 25 juin	8					M. de Guimard, capitaine	S'est esquivé de la compagnie au moment de la théorie (2e fois).

Dates des punitions	*Nombre de jours* Consignes au quartier	Consignes à la chambre	Salle de police	Prison	Cellule	*Par qui les punitions ont été infligées*	*Motifs des punitions*
1901							
27 août	4					Jarly, sergent	Excessive mauvaise volonté au gymnase et attitude arrogante vis-à-vis de ce sous-officier (1re fois).
d°				8	•	M. de Guimard, capitaine	En échange.
28 août				7	•	M. Nainville, chef de bataillon	En augmentation.
5 octobre				8	•	M. Berthouin, sous-lieut.	Étant permissionnaire de la nuit n'est rentré que le lendemain à 8 heures du soir.
6 octobre				7	•	Lieut. col. cdt	En augmentation.
1902							
24 mars	4	•	•	•	•	Mallot, adjudant	Inattention à l'exercice (1re fois).
31 d°				8		Colonel Boissière	Étant en faction, insolence envers un officier (4e fois).
13 avril				8		Général cdt en chef	A adressé au général cdt en chef une réclamation au sujet d'une punition qui lui avait été infligée et qui a été reconnue parfaitement fondée (1re fois).
13 mai			4	•	•	M. Olive, lieutenant	A manqué sans motif à la théorie et à l'observation que lui en faisait cet officier a répondu sur un ton narquois : « Eh

Dates des punitions	*Nombre de jours*					*Par qui les punitions ont été infligées*	*Motifs des punitions*
	Consignes au quartier	Consignes à la chambre	Salle de police	Prison	Cellule		
							bien, je me fais porter malade du jour. » (2e fois pour réponse).
13 mai				8		M. Lelong, capitaine	En échange.
1903 27 mai			8	•	•	M.O.	A ri sur les rangs à une observation faite par cet officier.
24 juin			8	•	•	M.O.	Mobilité continuelle à l'exercice et avoir murmuré lorsqu'un sous-officier lui faisait une observation sur les rangs à la manœuvre (6e fois).
12 août			8			M. Lenoir, médecin major de 1re classe	Réponse très indisciplinée au médecin-major dans la salle de visite (7e fois).
24 août			•	8	•	M. Boulard, colonel	En échange.
11 septembre				8	•	M. Lelong, capitaine	S'est fait apporter de l'absinthe dans le camp et lorsque l'adjudant de la Cie lui ordonnait d'apporter la bouteille contenant le liquide a répondu sur un ton arrogant : « Vous ne l'aurez pas » et a cassé la bouteille en la jetant violemment à terre (8e fois).

Dates des punitions	*Nombre de jours*					*Par qui les punitions ont été infligées*	*Motifs des punitions*
	Consignes au quartier	Consignes à la chambre	Salle de police	Prison	Cellule		
13 d°				7	•	Colonel Cdt	En augmentation.
18 septembre				30	•	Colonel Cdt 2e brig.	Indiscipline persistante et en dernier lieu pour son attitude arrogante et grossière à l'égard de l'adjudant de sa compagnie.
18 octobre				8	•	M. Lelong, capitaine	A fait des difficultés pour prendre sa douche journalière et a mis le sergent qui le conduisait dans l'obligation de lui lire le code pour obéir (2e fois).
1905							
14 janvier	•	•	4	•	•	M.O.	A obtenu à la visite la mention non-malade (1re fois).
7 mai			4			M.O.	Observation déplacée à la distribution des effets (9e fois).
1906						*Comme soldat de 1re classe*	
14 septembre			2			M. Lévy, capitaine	Mauvais entretien de ses effets.
6 octobre	4					M.O.	Ne s'est pas fait raser pour la revue du capitaine (1re fois).
d°				4	•	M.O.	Ayant été puni de consigne par cet officier pour sa mauvaise tenue, s'est présenté chez lui 2 heures après en

Dates des punitions	*Nombre de jours*					*Par qui les punitions ont été infligées*	*Motifs des punitions*
	Consignes au quartier	Consignes à la chambre	Salle de police	Prison	Cellule		
							disant : « Mon capitaine, je viens vous demander ce que j'ai fait pour mériter votre malveillance. » (10e fois pour réponse).
1907 1 avril	4	●	●	●	●	Matéo, serg. de sem.	Retard de 30 minutes au rassemblement de la théorie.
1908 27 juillet				15	●	Lt colonel, Cdt le régim.	Ivresse et scandale aux locaux disciplinaires.
1909 1 décembre			2	●	●	Adj. Vadel	Est parti du champ de tir sans qu'il lui en soit donné l'ordre et n'a pas répondu lorsqu'on le faisait rappeler (1re fois).
1910 5 avril						*Remis soldat de 2e classe le 5 avril 1910 pour indiscipline*	
12 juillet			4	●	●	Chef État-Major	N'avoir pas arrêté une ronde à temps.
Totaux	24	●	54	127	8		

Total général : Deux cent treize jours.

Vu
Le Chef de bataillon

Certifié conforme au registre du corps, le 25 janvier 1911
Le capitaine.

6 septembre 1885 et décernée par le ministre de la Marine » ; la médaille coloniale au ruban bleu et blanc, « instituée par la loi du 26 juillet 1893 » et décernée par le vice-amiral, commandant en chef, avec agrafe Tonkin. Le soldat Lebesque était encore de ces vétérans refusant leur retraite à l'âge légal, qui avaient connu Galliéni au Tonkin. Une note indiquait même que Lebesque lui servit de planton à Langson.

Le plus étonnant est la feuille des relevés de ses punitions, sur un bordereau recto verso, d'une fine écriture noire à la plume sergent-major, et qui finissait, de son incorporation à son arrivée au Cambodge, où bizarrement il ne reçut plus de blâmes, par totaliser 213 jours de retenues, se décomposant en 24 jours de consigne au quartier, 54 jours de salle de police, 127 jours de prison, et 8 jours de cellule.

Ce tableau, avec la futilité de la plupart des motifs et la lourdeur des peines, représente trop bien la discipline militaire au début du siècle pour ne pas être retranscrite. Observation complémentaire : seuls les officiers ont droit au titre de Monsieur.

Dans la cantine noire, notre père trouva aussi une chevalière en or qu'il porta au lieutenant.

– Pauvre Lebesque, dit l'officier, il avait oublié de prendre sa bague à poison. En conservez-vous une par-devers vous, sergent ?

Le sergent n'en possédait pas. Mais il vit à l'annulaire du lieutenant une bague à grosse tête qu'il n'avait pas remarquée auparavant.

– Eh bien, gardez-la. Dans le chaton doit se

trouver de la strychnine. Si par malheur vous étiez fait prisonnier par les pirates, un bon coup de dent et vous évitez les tortures. Personne n'est jamais ressorti vivant des mains des pirates. Ils vous étripent et vous mangent le foie. Souvenez-vous de ça. Alors pas d'hésitation, hein, vous mordez dans la bague un bon coup.

Cette bague à poison, du seconde classe Lebesque, m'est parvenue, via mon père, puis ma mère. Des griffes d'or, en arabesques, enserrent l'enveloppe à poison qui ressemble à un ventre de scarabée.

Tous les vendredis, un vieil homme mal rasé, chaussé de sabots de bois, et que l'on n'appelait jamais autrement que le braconnier, venait vendre du poisson à tante Victorine qui le marchandait âprement. Lorsqu'il apportait des anguilles, dans un panier d'osier garni de fougères, je restais dans la cuisine pour assister à une suite d'opérations où tante Victorine devenait vraiment sorcière.

Le braconnier vidait son panier d'osier dans un seau en fer. Tante Victorine plongeait tranquillement sa main dans le seau, en ressortait une poignée de serpents noirs qui se tordaient autour de son bras, cherchant à la mordre et à glisser du poing. Elle les jetait sur la table, leur tranchait la tête d'un rapide coup de hachoir, puis les dépouillait de leur peau.

Je pensais aux serpents d'Indochine, à tous ces animaux visqueux dont mon père parlait souvent dans ses lettres avec répugnance, aux crocodiles qui feignaient de dormir dans les arroyos, aux caméléons, aux tortues d'eau, aux lézards et aux scorpions, à tous ces reptiles et ces rats qui se promenaient sur les vêtements des soldats et nichaient dans leurs chaussures.

Dans *Le Phare :*

« Tous les clochards de Nantes et autres errants de la rue devront dorénavant être internés dans une Maison du Travail... La France sera divisée en vingt-sept provinces avec des gouverneurs... Des avions anglais ont bombardé Le Bourget... Suppression de la semaine de quarante heures portée à cinquante et une heures... Moins d'alcool pour les hommes, un peu plus pour les moteurs. 40 % d'alcool mélangé à l'essence... Pas de chasse cette année... »

Sur un mur de la rue des Loges une affiche à demi déchirée me rappela soudain les deux autres anomalies fontenaisiennes (la troisième étant Odette). Qu'étaient devenus le nègre Banania et le cordonnier belge ? L'affiche Banania représentait un tirailleur sénégalais au visage réjoui, aux dents blanches, bon nègre jovial et en bonne santé, dont la grosse tête était coiffée d'une chéchia rouge avec un pompon à franges bleues. Son corps était invisible. On voyait seulement sur l'affiche l'énorme tête du nègre et sa main tenant une cuillère. De grosses lettres proclamaient :

Y'A BON BANANIA
PETIT DÉJEUNER FAMILIAL

Interrogée, tante Victorine me dit que *notre* nègre Banania était « mort au champ d'honneur » dès les premiers jours de la guerre. Quant au cordonnier belge, mieux valait ne pas s'en souvenir. Il avait d'ailleurs quitté Fontenay, ayant pris peur après une manifestation sous ses fenêtres, conspuant la « trahison » de Léopold.

« Mon cher Alfred,

« En ce mois d'octobre, où la pluie doit bien vous ennuyer en Vendée, c'est la saison sèche qui commence ici avec les typhons. Le caporal Caï m'a emmené voir une curieuse fête dans un village où on le connaît bien. Il dit que ça s'appelle la fête de l'Avalage du paddy grillé et du Salut à la lune. Le paddy, c'est le riz non décortiqué, comme nos grains de blé enveloppés dans la balle. Dès neuf heures du matin, les femmes indigènes font griller le paddy gluant en plein air, dans de vieilles marmites. Puis elles le remuent avec un bâtonnet pour qu'il ne brûle pas. Une fois bien grillé, elles l'écrasent dans un mortier avec un pilon. La nuit venue, lorsque la lune est bien ronde, les femmes emplissent deux bols de paddy grillé et écrasé et les placent sur une natte pour les exposer aux rayons de la lune. Les plus jeunes, à genoux, font des courbettes comme si la lune était le Saint-Sacrement.

« Il y a ici plein de coutumes bizarres dont je me suis seulement aperçu depuis que le caporal Caï me les a fait remarquer. Ça sent un peu la sorcellerie, avec beaucoup de simagrées... »

« Ma chère Victorine,

« A chaque fois que le lieutenant Le Pen revient de Pursat, il ne décolère pas pendant deux jours. Il déteste les civils, dit que le Cambodge est le dépotoir des fonctionnaires français et que le résident lui-même se vend aux mandarins. Il nous a raconté que des indigènes, venus se plaindre à la résidence d'être trop pressurés par un de leurs magots, ont reçu vingt coups de rotin de la part du résident qui les a ensuite renvoyés sans vouloir les entendre. Il punit aussi d'amendes, ou de réquisitions, les villages qui ne consomment pas assez d'alcool. Le lieutenant Le Pen dit qu'il ne faut pas s'étonner si, après, les indigènes font cause commune avec les pirates.

« Il n'y a que cinq fonctionnaires français à Pursat, mais ils s'y engraissent comme des porcs. Seulement, le jour où les *nha qué* viendront pour les saigner, c'est nous qui devrons aller protéger leur bedaine.

« Le lieutenant Le Pen maronnait aussi contre le receveur des douanes. Il nous dit que, dès six heures du matin, les commerçants indigènes arrivent devant la recette des douanes et régies, s'assoient sur le trottoir et attendent avec leurs ballots que Sa Majesté M. le receveur leur délivre un permis de circulation. S'ils arrivent le samedi soir, et que le receveur est à la chasse, ils doivent attendre sur le trottoir jusqu'au lundi ; si c'est un autre jour et que M. le receveur est au café, ou en promenade, ils doivent attendre qu'il rentre ; s'il fait la sieste ou la grasse matinée, ils doivent attendre qu'il se lève. Et s'ils perdent patience et vont vendre leurs marchandises dans les rues, les douaniers les arrêtent comme contrebandiers. Le lieutenant Le Pen dit que ces poussahs nous feront perdre l'Indochine et que, nous, on est bien trop cons de se crever la peau pour de pareils fumiers. Je trouve quand même qu'il exagère et que le soleil lui a un peu trop tapé sur le ciboulot. Il se met dans de telles rognes que parfois on prend peur. On se demande s'il ne va pas devenir fou. Surtout que son second, l'adjudant Morisseau, est de plus en plus abruti. Non seulement sa congaï lui fait de plus en plus fumer d'opium, ce qui lui donne une tête toute boursouflée, mais elle lui pique sa solde. Ça devient une véritable loque. Si bien que, Raymond et moi, on a finalement tout le poste en charge. Entre le lieutenant qui se renferme dans son pavillon et cuve ses colères et l'adjudant qui devient une épave, on doit rester solides pour tenir le coup. Heureusement, le caporal Robin le Nantais est revenu guéri de Pursat. Ce qui permet d'équilibrer un peu le pouvoir du caporal Caï qui deviendrait, sans ça, général des singes... »

La saison sèche, qui allait durer jusqu'en avril, demandait au fortin plus de vigilance puisque, depuis des siècles, les Siamois conservaient l'habitude de pousser des incursions au Cambodge. Avant la colonisation, les Siamois et les Annamites terrorisaient les Khmers. Les Siamois profitaient de la saison sèche pour venir enlever des esclaves et, à la saison des pluies, les Annamites s'abattaient sur le pays avec leurs jonques. Pris en tenaille entre deux peuples agressifs qui, peu à peu, réduisaient son territoire (au début de la colonisation, Angkor, l'ancienne capitale khmère, ne faisait même plus partie du Cambodge, le Siam l'ayant annexée), on comprend que les rois Norodom et Sisowath aient été les seuls souverains indochinois à accueillir les Français non seulement sans hostilité, mais à accepter leur protectorat avec un certain empressement.

Les quelques fortins qui surveillaient la frontière du Siam devaient surtout éviter que les coups de main siamois n'assurent pas de liaison avec les pirates cambodgiens qu'ils ravitailleraient alors en armes modernes.

Chaque jour, des patrouilles naviguaient sur les arroyos. Comme la seule canonnière du poste ne pouvait servir partout à la fois, de longues chaloupes, de cinq à six mètres, recouvertes d'une toiture en natte pour protéger les soldats du soleil, glissaient entre les rives opaques de la forêt, saluées par les cris aigus des singes au sommet des arbres et, à leur base, par le flop des caïmans plongeant dans la vase.

Si les soldats passaient une nuit dans ces chaloupes où l'on bricolait un armement surtout destiné à impressionner l'adversaire qui, à travers le rideau des aréquiers, surveillait leur itinéraire, le lendemain matin ils se retrouvaient trempés par la rosée, comme après une averse, et grelottaient jusqu'à ce que le soleil lourd les sèche.

De temps en temps, les chaloupes s'amarraient à la vue d'un sentier. Cependant que quelques hommes restaient à garder les embarcations, le gros des patrouilles s'enfonçait dans la forêt, jusqu'au village le plus proche. Ne serait-ce que pour bien marquer la présence des postes frontière, leur vigilance, et qu'ils pouvaient tomber à tout moment, dans n'importe quel village, comme la foudre.

Mais tous ces villages visités montraient un calme paradisiaque. Les *ba-ghia* (les vieilles femmes), accroupies en haut des échelles donnant accès aux paillotes sur pilotis, mâchaient du bétel. Des jeunes filles, la poitrine nue ornée d'un long collier de perles, bracelets aux chevilles, s'esquivaient prestement. Du riz bouillait dans des marmites en terre posées sur des trépieds d'un bois dur comme du métal. Des manguiers, des papayers, des pamplemoussiers, des goyaviers, des mûriers à soie, des mangoustaniers, cultivés dans le village, formaient un grand verger, sorte de clairière clairsemée bordée des rangées touffues de la forêt, hostiles comme des murailles sombres.

Un teinturier colorait des étoffes avec des

écorces et fixait la poudre obtenue par de la vase prise dans l'arroyo. Des poissons vidés, enfilés sur de fines tiges de bambou, allaient se dessécher en quelques heures. Parfois, un groupe de bonzes vêtus de leurs robes safran, une épaule nue, le crâne rasé, les accueillaient en joignant les mains qu'ils élevaient à leur front.

Ces villages semblaient si pacifiques et si heureux, malgré leur pauvreté, qu'ils paraissaient irréels.

Même à table, cousin Gaston restait coiffé de son éternel béret bleu marine. Et je m'étonnais que tante Victorine ne fît jamais un éclat contre ce qui eût dû lui apparaître comme une inconvenance.

Étrange aussi qu'elle laissât le sucrier sur la table pendant la lecture du journal, obligée de surveiller nos doigts, au risque de briser définitivement la faïence avec ses coups de manche de couteau, alors qu'il eût été plus simple d'enlever ce sucrier dès les premiers morceaux de sucre pris.

Mais la vie de famille est ainsi faite de coutumes étranges, d'habitudes immuables et souvent irraisonnées, auxquelles les membres de la tribu se plient tous dans un curieux accord, incompréhensible pour les « étrangers ».

Notre famille avait conservé, devenue citadine, ses habitudes de la ferme : le pot de mojettes bouillotant perpétuellement sur le feu, le jambon suspendu dans la salle à manger dont on coupait cérémonieusement des tranches, la soupe le matin au réveil. Cousin Gaston, qui se confectionnait, à force de pain trempé, une peu ragoûtante pâtée, dans son assiette calotte, montrait vis-à-vis d'Odette un curieux complexe, se cachant dans la souillarde pour manger sa soupe à sa manière, dès que ma sœur apparaissait.

Le bel Hubert montait inlassablement de la cave, dans des brocs en tôle rouge, le charbon qui alimentait la cuisinière. Il montait aussi du vin, qu'il mettait en bouteilles lui-même, et que ni Odette ni moi ne buvions, montrant une même répugnance due sans doute inconsciemment à notre ascendance alcoolique.

L'interdiction de la vente du pain frais fit suite à la prohibition de la brioche. Cette mesure parut bizarre puisque, dans notre milieu, par souci économique immémorial de limiter la consommation, on ne mangeait que du pain rassis, voire carrément du pain dur.

– Qu'est-ce qu'ils vont chercher, pouffait de rire tante Victorine. Du pain frais... Je vous demande un peu. Qui mange du pain frais ? D'abord, ceux qui en mangeraient, ça leur ferait une boule sur l'estomac (elle disait *estomaque*), le docteur Clemenceau me l'a dit. Car le médecin de famille s'appelait Clemenceau, comme « Le Tigre », auquel il se disait bien sûr apparenté.

Un gros titre apparaissait en première page du journal, illustré par la photo d'un laboureur avec son cheval, légendée : « La terre qui ne meurt pas. » « Pour refaire la France, il faut refaire des paysans. » Puis suivait un article, que tante Victorine nous lut en savourant ses mots et où l'on disait que le maréchal Pétain allait prendre contact avec le peuple de France et que son premier visiteur serait un paysan du Rhône, père de huit enfants.

La lecture du journal ressemblait à un roulement de tambour. On se serait cru perpétuellement devant le monument aux Morts, les jours de commémoration, lorsque le clairon va sonner « Aux champs ! » Pas un seul jour sans remises de décorations, sans relation d'un fait d'armes (rétroactif) de nos militaires. Pas un jour sans que soit publié en première page le portrait d'un général à képi ou d'un amiral à casquette. On ne parlait jamais de défaite, à peine d'armistice. Le maréchal Pétain, appuyé sur sa canne, le regard azur tourné vers l'est, demeurait à jamais le rassurant « vainqueur de Verdun ».

1917... 1918... 1919... Les lettres de notre père devenaient moins longues, plus évasives. Isolé depuis si longtemps dans la brousse, les événements de France ne le touchaient plus guère. La défaite de l'Allemagne, les cérémonies de la Victoire, tout cela semble avoir glissé dans cet engourdissement, cette irrésistible langueur tropicale enveloppant ce poste que le conflit mondial semblait avoir fait oublier et qui vivait dans un circuit presque fermé, mais dans une perpétuelle mise en alerte.

On bâfra encore plus que de coutume, on but plus que de raison, pour fêter la victoire mais, dès le lendemain, il fallut relancer des patrouilles dans la brousse, enterrer un soldat indigène mort de fièvre typhoïde. Ici, on le savait bien, la guerre ne finirait jamais. D'autant plus qu'elle n'était pas commencée, qu'il n'y avait pas de guerre ; seulement des Siamois trop nombreux derrière la frontière et, dans la brousse, des pirates invisibles. Cette tension nerveuse, due à un danger réel mais diffus, devenait débilitante. En France, les canons s'étaient arrêtés de tirer au jour dit. On avait pu fêter une réelle fin des combats. Les soldats, démobilisés, rentraient chez eux. On ne craignait pas, en traversant un bois, qu'un ennemi vous tombe dessus, sautant d'un arbre, et vous égorge. La paix, c'était la paix. Inutile de laisser des sentinelles éveillées. On pouvait dormir sans crainte.

Alors que, dans leur fortin, les nuits chaudes n'en finissaient pas. Dès qu'ils s'engourdissaient, la chute répugnante d'un lézard sur le visage les éveillait. Et ces cris d'égorgement que lançaient certains oiseaux nocturnes et qui les faisaient se jeter sur leur séant, le cœur battant, ruisselants de sueur.

A la sécheresse succédaient les longs mois d'inondation. Les paillotes, dont les pilotis disparaissaient sous les eaux, semblaient flotter. On ne craignait plus les Siamois, mais toutes ces eaux que le Mékong charriait depuis la Chine, déferlant entre le Laos et le Siam et courant vers Phnom Penh où elles s'épanouissaient en quatre bras d'un delta, apportaient dans leurs boues les miasmes de la fièvre, de la dysenterie, du choléra.

Le caporal Caï appelait le Mékong « mère fleuve », ou encore « capitaine des eaux ». Il aimait cette submersion annuelle que notre père, comme ses camarades français, redoutait autant que les typhons, se sentant encore plus prisonniers de leur fortin, encore plus isolés, avec cette végétation folle, ces herbes épaisses, qui luttaient de croissance rapide avec la montée du fleuve. Les cinq Français du poste, tous pourtant hommes proches de la nature, anciens paysans ou ruraux, ne reconnaissaient plus le monde de la terre en cette nature démentielle ; avec en plus cette absence de printemps et d'automne, saisons préférées de leur jeunesse. Presque toujours renfermé dans son pavillon, le lieutenant Le Pen se mit à y collectionner des images bouddhiques, peinturlurées de bleu, de rouge et d'or, que ses sous-officiers trouvaient horribles et devant lesquelles ils le surprenaient (lorsqu'il les convoquait « au château », comme ils disaient entre eux) en train d'arranger dans des coupelles de cuivre des lotus, des nénuphars, des jasmins. Si bien que le pavillon du lieutenant commençait à ressembler à une pagode dont il prenait même l'odeur de santal et d'encens.

Notre père et son ami le sergent Raymond s'inquiétaient de ce qu'ils considéraient comme un dérangement du cerveau chez leur chef de poste. D'autant plus que le second, l'adjudant Morisseau, de plus en plus bouffi d'opium, passait le plus clair de son temps dans la cagna de sa congaï.

Les deux sergents et les deux caporaux (Robin le Nantais et Caï le Cambodgien) s'entendaient suffisamment bien pour que la défection de plus en plus grande de leurs supérieurs ne se répercute pas sur la discipline. Mais Raymond, à cause de sa congaï, ne passait plus, lui aussi, que quelques nuits au fortin.

Tous les après-midi, la torpeur méridienne éteignait les bruits, figeait les choses. Seules les fourmis blanches s'activaient dans les poutres de charpente et les planchers qu'elles finissaient par réduire en poudre. Ce seul moment de paix se trouvait donc lui aussi perturbé par des craquements furtifs. Là encore, un ennemi invisible poursuivait inlassablement son but. Toutes les semaines, une poutre, une planche de cloison ou de parquet s'effondraient. Il fallait colmater, lutter semaine après semaine contre la destruction inéluctable du fortin que seules des réparations incessantes pouvaient, sinon éviter, en tout cas différer. Les boys devaient aussi se battre contre la forêt qui, sans des abattages perpétuels de lianes et de racines, s'avançait vers les bâtiments pour les dévorer. Contre cette nature ogresse, les hommes du poste frontière ressemblaient à des Petits Poucets s'amusant dérisoirement à jouer aux soldats.

Les indigènes des villages proches, eux-mêmes, redoutaient fort cette nature perpétuellement hostile, mais ils composaient avec l'ogre par toute une série de manipulations : sacrifice d'un buffle pour provoquer la pluie en temps de sécheresse, grigris pour conjuration de la maladie, pour conjuration du malheur, pour expulser les esprits malins.

Aristide le Cochinchinois se montrait de moins en moins sarcastique à propos des coutumes indigènes. Le caporal Caï lui en expliquait-il les motifs ? Seule chose qu'il n'arrivait pas à admettre : la cacophonie des orchestres, dont il disait que tous les chiens de chez nous, s'ils les entendaient, hurleraient à la mort. Qu'on appelle ce tintamarre de la musique le mettait hors de lui.

Même les *pains d'épice*, soldats et boys, il commençait à les regarder d'une autre manière. Peut-être même, tout simplement, à les regarder. Toujours nu-pieds, même pour les longues marches dans la forêt, insensibles semblait-il aux herbes coupantes, aux cailloux, à la boue ; leur curieuse coiffure en galette (qu'il comparait, dans ses lettres, à la bouse de vache maraîchine de chez nous) toujours impeccablement posée sur leur tête et y tenant on ne sait comment, en parfait équilibre ; ne montrant jamais de lassitude ; n'ayant jamais aucun mouvement d'humeur ; silencieux ; chiquant leur bétel avec des mouvements de mâchoire de rongeurs ; s'accroupissant simplement aux étapes ; prêts à se relever prestement au premier ordre bref ; ces *pains d'épice* étaient des soldats d'une mécanique parfaite.

Leur frugalité, que notre père mit jadis sur le compte d'une infériorité de peuple pauvre, et qui contrastait tant avec la voracité des Blancs, lui paraissait maintenant étrange. Car aux ripailles des butins de chasse, à l'empiffrement des Blancs qui n'arrivaient jamais à calmer cette faim héréditaire de descendants de paysans aux famines chroniques, les *pains d'épice*, aussi immémoriablement faméliques, répondaient par un refus des viandes proposées, semblant se satisfaire de leurs bols de riz où surnageaient quelques petits morceaux de poisson séché et de légumes. Cette sobriété lui paraissait maintenant une supériorité. Il s'apercevait bien que ces abus de viande et d'alcool le rendaient, ainsi que ses compatriotes, fréquemment malade. Mais il n'arrivait pas à se modérer, le ventre tenaillé entre la boulimie et la dysenterie.

Le caporal Caï lui raconta une coutume de son pays qui l'impressionna beaucoup, car il en parle plusieurs fois dans les lettres à son frère Alfred :

« Autrefois, dans ce curieux pays, un laboureur était roi. Chaque année, le roi-laboureur ouvrait devant son peuple un sillon royal dans la Sainte Rizière en appuyant sur la Sainte Charrue. Parce que, figure-toi, ils croyaient que leur charrue et leur rizière étaient des saintes, de vraies saintes ! De nos jours, le roi Sisowath, qui est le petit-petit-fils de ce laboureur, ne veut plus manier la charrue. C'est son toucheur de bœufs qui ouvre le sillon à sa place. A cause de ça, il n'est plus un vrai roi et il nous doit obéissance. »

De son horrible magasin, le bandagiste me faisait des signes. Je m'approchai avec répugnance de cet étalage de ceintures en caoutchouc, de bandes herniaires, d'appareils pour pieds bots, de bassins de cuivre hydrothérapiques, de tuyaux et de poires à lavement, de pansements et de linges suspects. Au milieu de cette machinerie pour corps détraqués, le bandagiste à la jambe de bois montrait une extrême surexcitation :

– Ta tante n'est pas là ?

– Non, elle est au jardin.

– Tu lui diras que ça barde. Je l'ai entendu au poste. Le général de Gaulle, tu sais, celui qui a filé à l'anglaise, eh bien ! on l'a condamné à mort, à la dégradation militaire et à la confiscation de ses biens. Pour sa propagande criminelle faite à la radio de Londres, a dit le gouvernement.

Je courus au jardin apporter la nouvelle fraîche à tante Victorine. Elle cueillait des framboises, en compagnie d'Odette. Ma sœur, en chapardant des fruits, s'était barbouillé le visage et ses lèvres, toujours trop rouges, semblaient maintenant démesurément agrandies.

Sans doute cette image m'a-t-elle marqué puisque je l'intègre aujourd'hui immédiatement à l'un des passages d'une lettre de notre père où il parle de la congaï de son ami Raymond : « J'ai toujours du mal à m'habituer à la vue de sa bouche rendue sanguinolente par l'abus des chiques de bétel. »

Car notre père parlait de plus en plus du ménage de Raymond.

« Sinoun, comme presque toutes les Cambodgiennes, ne sait pas lire. Mais elle parle bien français, l'ayant appris chez les bonnes sœurs de la Sainte-Enfance. Avec sa robe de cotonnade échancrée sur les côtés, c'est une jolie poupée d'Orient. Mais pourquoi s'enlaidir avec ce maudit bétel et cette huile de noix de coco avec laquelle elle se lustre les cheveux et dont l'odeur est à faire vomir ?

« Raymond l'avait remarquée au village où elle rangeait des bananes dans des paniers d'osier. La banane, c'est le pain des tropiques. Quand la disette de riz intervient, les indigènes trouvent la ressource des bananes. Et avec la tige du bananier, ils construisent leurs radeaux ou nourrissent leurs porcs. Raymond et Sinoun font un bon petit ménage. Le seul point noir avec les congaïs, c'est la progéniture. Lorsque le colonial rentre en France, la congaï ne peut pas garder l'enfant qui la désigne à ses compatriotes comme une chienne de Blancs. Alors elle abandonne toujours le petit métis aux bonnes sœurs qui reçoivent ici la mission de les recueillir et de les élever dans notre religion. »

Quelque temps plus tard notre père qui, décidément, ne semblait plus quitter la cagna de Raymond, annonce que Sinoun vient d'accoucher d'une petite fille.

« Toute la famille de Sinoun accourue, la canha est envahie d'une foule bavarde. Raymond, qui se sent tout à coup bien étranger chez lui, avec ces coutumes incompréhensibles des *ba-ghia*, se dit bien content que je sois près de lui. Le quatrième jour après la naissance, la sage-femme est venue raser les cheveux sauvages du bébé, sauf un petit toupet sur le front. Au sommet du crâne, elle a malaxé une sorte de mastic jaunâtre à base de gingembre pour rafraîchir la tête de la môme, à ce qu'il paraît, et lui éviter la méningite. Sur un plateau de cuivre, la famille dépose pour la sage-femme une mesure de paddy et quelques babioles.

« Pendant vingt jours, la femme en couches reste étendue, avec son nouveau-né, sur un bat-flanc de treillis de bambou et, dessous, on allume un brasero. Un fil de coton entoure le lit pour empêcher les mauvais esprits de venir troubler l'accouchée.

« Le baptême a lieu dans les deux semaines après la naissance. Le marmot est aspergé avec un bol de cuivre par la sage-femme qui lui arrose l'épaule, la tête et finalement tout le corps. On fait boire à l'enfant un peu d'eau de noix de coco.

« Mais c'est leur baptême païen, à eux. Plus tard, Raymond fera baptiser sa fille par un missionnaire. Il en passe parfois un à Pursat.

« Pour l'instant, la famille de Sinoun accapare la mère et l'enfant et on fait bien sentir à Raymond qu'il est de trop. On le bouscule, on lui marche sur les pieds. Toute cette basse-cour criarde l'ignore complètement, fait comme s'il n'était pas là, semble même ne pas le voir. Nous regardons ce remue-ménage avec amusement car, on le sait bien, lorsque leurs simagrées seront finies, ils seront bien contents de retrouver Raymond et surtout sa solde. »

Le 1er août, *Le Phare de la Loire, de Bretagne et de Vendée* nous apprit que des courses cyclistes étaient de nouveau organisées à Paris : « Le vainqueur de la course de vitesse, Ungier, est félicité par Ginette Leclerc, l'artiste bien connue. »

Le 6, la mairie annonça que des cartes d'alimentation seraient distribuées aux Fontenaisiens. Nous allâmes chercher nos coupons donnant droit à cinq cents grammes de sucre, cent grammes de riz, deux cent cinquante grammes de pâtes alimentaires, deux cents grammes de margarine. La vente des fromages frais, de la crème, des glaces et sorbets était interdite.

– Voilà, dit tante Victorine, ça commence avec la brioche et ils vont finir par nous prendre nos patates. Avec les Prussiens faut s'attendre à tout. Feraient mieux d'en finir une fois pour toutes avec les Anglais. Mais ça traînaille. Moi je vous dis que ça ne sent rien de bon. Le journal écrit encore aujourd'hui : « L'offensive allemande contre la Grande-Bretagne serait imminente. » Ça va faire presque un mois qu'on nous chante la même antienne. Qu'est-ce qu'ils attendent pour la faire, leur offensive ? S'ils avaient coursé les Anglais dans leur île, quand ils les ont rejetés à la mer, à Dunkerque, ça n'aurait pas fait long feu. Voulez-vous que je vous dise, moi, je flaire du louche, là-dedans. Est-ce qu'ils ne seraient pas de mèche, en train de s'entendre sur notre dos ? Parce que, si la guerre devait finir demain, pourquoi ces tickets d'alimentation ? Moi je vous le dis, ça va durer. On est mal partis. Et ce rapatriement des réfugiés dont on nous parle tout le temps et qui ne se fait toujours pas ! Pourquoi ne veulent-ils pas que les gens rentrent chez eux ? Les Anglais et les Prussiens, c'est du kif-kif bourricot. Vous verrez, on va encore se trouver les dindons de la farce.

Imperturbablement, *Le Phare* continuait à publier en feuilleton *Le Vieux Puits* de Max du Veuzit.

Enfin, le Commandement militaire s'était souvenu du petit poste oublié à la frontière siamoise. Une section vint opérer la relève. Notre père et son ami Raymond furent affectés ensemble au 3e régiment d'infanterie de marine du Tonkin.

La réacclimatation dans une ville comme Hanoi qui, en quelques années, agrandie et modernisée, prenait des allures de capitale, fut aussi dure que leur première adaptation à la colonie lorsque, voilà douze ans, ils arrivaient de France. Douze ans déjà ! Dans trois ans, ils pourraient prétendre à la retraite et rentrer au pays.

Aristide le Cochinchinois avait trente-deux ans.

Sur ses photos d'Hanoi il en accuse cinquante. Ces quatre années passées dans l'isolement, l'attente, l'abandon dans leur petit poste de brousse, l'avaient prématurément vieilli. Très amaigri, il semble grand sur une photo où on le voit très droit, entouré de soldats annamites minuscules. La barbe, qu'il s'était laissée pousser dans la brousse, et qui ne se voit que sur cette photo, lui émacie le visage. Il a perdu son regard malicieux. C'est un homme dur et las qui apparaît, qui disparaîtra vite des autres images en ma possession où on le voit retrouver un embonpoint qui deviendra obésité et son air rieur et bon enfant.

Ses lettres d'Hanoi sont courtes, désabusées. Elles expriment une évidente amertume de broussard frustré devant l'opulence de Hanoi, les commerçants chinois de la ville ayant fait fortune pendant la guerre en écoulant le riz indochinois au Japon, au risque d'affamer les Annamites. La pêche, devenue monopole des Chinois, apportait également de gros bénéfices qui se répercutaient dans des investissements somptuaires.

Alors qu'au sortir de la guerre européenne, l'Asie tout entière se trouvait en proie à des troubles (l'émeute grondait aux Indes anglaises, des grèves paralysaient les Indes néerlandaises, la Chine sombrait dans des guerres féodales, le Japon vacillait sous la poussée d'une crise économique et sociale inattendue), l'Indochine se portait bien.

Deux seuls points chauds : la frontière chinoise où deux ou trois cents pirates continuaient à créer un climat d'insécurité et la plaine de Dien Bien Phu, entre le fleuve Rouge et le Mékong, dans le haut Tonkin, près de la frontière du Laos, où les Méos devenaient sporadiquement turbulents.

Les postes frontière de Binh-Lieu et de Hoan-Mô venaient d'essuyer une révolte de soixante-dix tirailleurs, sous la conduite d'un caporal indigène. Deux sergents français avaient été tués par les mutins qui, refoulés par les soldats chinois, allèrent grossir les bandes pirates de la brousse.

Notre père et le sergent Raymond revivaient ce qui aurait pu se passer dans leur petit poste cambodgien, le caporal Caï étant alors tout-puissant sur ses tirailleurs et les deux sergents assumant pratiquement le commandement du poste devant la carence du lieutenant Le Pen et de l'adjudant Morisseau.

A Hanoi, notre père trouva un nouvel ami, l'adjudant Gauthier, bien différent du pauvre Morisseau. Je suppose qu'il s'agit de cet adjudant à la bonne tête pensive, photographié médaille militaire sur la poitrine en 1922 par Yon-Tchuong, 85, rue des Paniers. Il m'est difficile de savoir maintenant si la rue des Paniers, certainement débaptisée, se trouvait à Hanoi, à Saigon ou à Phnom Penh ; mais j'opte pour Hanoi, ce qui m'arrange dans cette reconstitution difficile des faits et gestes de mon père.

Ni Raymond ni mon père, qui commençaient à devenir trop vieux pour participer à des missions dangereuses, ne furent envoyés mater les Méos qui, une fois de plus, terrorisaient les Thaïs. Ils accompagnèrent seulement les deux convois jusqu'à la canonnière qui, d'arroyo en rivière et fleuve, pousserait jusqu'à la plaine de Dien Bien Phu. Le premier convoi buta sur une centaine de rebelles, enleva d'assaut le repaire méo, mais laissa sur le terrain sept morts et six blessés, dont trois Français : un caporal, un sergent et un sous-lieutenant.

Le second convoi, conduit par le capitaine Vinet, réussit à capturer le chef des rebelles au nord de Dien Bien Phu, ainsi que son frère et son oncle. La seconde bataille de Dien Bien Phu se soldait donc par une victoire incontestable de nos armes, mais chèrement payée puisque le capitaine Vinet, tué d'une balle au front, ne revint pas à Hanoi.

Le sergent Raymond avait fait venir sa congaï et sa fille au Tonkin. Notre père parle toujours d'eux, plus que de toutes ces coutumes indigènes qui, pendant longtemps, émaillèrent ses lettres d'exotisme. Sans doute a-t-il maintenant peu à peu assimilé les mœurs indigènes et celles-ci lui apparaissent-elles presque naturelles. En tout cas, ses lettres du Tonkin n'y font pas allusion. Si ce n'est aux fêtes du Têt de 1922. Mais il ne les décrit pas comme des curiosités. Seuls leur éclat et leur opulence le frappent :

« Quelles belles fêtes du Thêt, cette année ! La première nuit s'est ouverte par une débauche de pétards. Personne n'a dormi. Comme il faisait très beau on s'est promenés dans les rues, avec Raymond et Gauthier. Tous les Annamites étaient habillés de neuf. Les congaïs avaient empilé cinq à six tuniques de couleurs différentes l'une sur l'autre. Tout le monde semblait heureux.

« Ici, le nouvel an, c'est quatre jours de fête. Les

marchés regorgent de sacs de riz, de poulets, de porcs, de bananes, d'ananas.

« Il y a aussi une sorte de mascarade où un char traîne un dragon en carton peint et des processions de trompettes, de tam-tams, de gongs, à vous défoncer les tympans.

« Raymond avait amené à la fête sa petite Odette pour l'anniversaire de ses trois ans. »

Sa petite Odette ? Nous butâmes aussitôt sur ce prénom, ma sœur et moi.

– Raymond, demandai-je, avait *aussi* une petite fille qui s'appelait Odette ?

– J'ai connu le sergent Raymond. Je ne me souviens pas...

Rien de plus clair : mon père avait adopté la fille de Raymond. La version familiale était la bonne. Qu'Odette ne soit pas ma vraie sœur ne changeait rien à mon affection pour elle. De toute manière, après ce merveilleux été de notre vraie rencontre, n'était-elle pas réellement et à jamais devenue ma sœur !

Après la suppression de la brioche, l'établissement des cartes d'alimentation et des bons d'essence, voilà que *Le Phare de la Loire* annonçait la dissolution des sociétés secrètes.

Cette mesure, tout comme la dénaturalisation des Français pas très catholiques, ne semblait toucher ni les gens de notre ville ni même ceux du département. Elle passa donc sans commentaires jusqu'au moment où l'on apprit que la vitrine d'un bistrot de la rue du Puy-Saint-Martin venait d'être brisée dans la nuit. Des inscriptions à la peinture rouge maculaient la devanture : « A bas les juifs ! Mort aux rouges ! »

Tout le monde se précipita vers le lieu du sinistre. Des morceaux de verre, éparpillés sur le trottoir, des planches hâtivement clouées sur la vitrine, et ces inscriptions d'une écriture maladroite, avec des coulées de peinture, nous donnèrent soudain l'impression que la guerre venait jusqu'à nous, qu'elle ne s'était pas arrêtée avec l'armistice, comme nous l'avions cru, mais qu'au contraire un conflit dans lequel nous allions être impliqués commençait peut-être maintenant. Comme pour nous le confirmer, une patrouille allemande arriva au pas de course et dispersa les curieux en hurlant ces mots que nous devions entendre si souvent pendant quatre ans : *Raus... Raus...* Étonnés par cette brusquerie inhabituelle chez nos « occupants » jusqu'alors si courtois, nous restâmes un moment sans bouger. Mais les soldats, surexcités, nous bousculèrent brutalement. *Raus... Raus...* Eux si polis d'ordinaire, si bien élevés, que leur arrivait-il ?

On se souvenait maintenant qu'au temps du Front populaire le cafetier de la rue du Puy-Saint-Martin plantait des drapeaux rouges à ses fenêtres. Tante Victorine assurait qu'il devait être franc-maçon. Mais que l'on touchât à *notre* franc-maçon nous paraissait absolument incorrect. Tout le monde connaissait le cafetier de la rue du Puy-Saint-Martin, avec son gros ventre et ses bésicles ; notre bouffeur de curés qui mangeait ostensiblement du saucisson sur le pas de sa porte le vendredi midi. Le cafetier de la rue du Puy-Saint-Martin faisait partie de notre folklore, comme le diable de la religion.

Puis on apprit que, sous le coup de l'émotion, le cafetier de la rue du Puy-Saint-Martin était tombé malade, qu'il vivait seul et que personne n'osait aller, malgré tout, lui rendre visite.

Ma grand-mère habitait tout près. Un jour elle enleva son tablier de cuisine, mit un fichu sur ses cheveux bien lissés, et dit au petit attroupement qui se tenait en permanence devant le bistrot pour voir « ce qui allait arriver » :

— Tant pire, j'y vas.

Ce « tant pire » (plus fort que tant pis) faisait sans doute allusion à l'excommunication qui frappait les francs-maçons. Ma grand-mère, si pieuse, passait outre.

Nous la vîmes traverser la rue en trottinant, pousser la porte du bistrot et disparaître (elle qui, de sa vie, n'était jamais entrée dans un bistrot, cet enfer où les hommes buvaient et devenaient méchants). Le temps où elle resta dans le café nous parut infini. Certains disaient que nous aurions dû l'empêcher de commettre une pareille imprudence. D'autres louaient son courage. Puis nous la vîmes reparaître, telle que d'habitude, de son petit pas décidé. Elle regarda tout ce monde assemblé dans la rue, haussa les épaules et marmonna :

— Ben quoi, un franc-maçon, ça chie comme

tout le monde. Vous feriez mieux de venir m'aider à lui changer ses draps.

Par la suite, elle traversa tous les jours la rue du Puy-Saint-Martin pour aller soigner son franc-maçon, dont elle disait qu'il valait bien certains culs-bénits.

Les lettres d'Hanoi reprenaient leurs leitmotive : la bouffe, la chasse, l'absinthe. Première génération paysanne à manger à sa faim, ces coloniaux se montraient insatiables, ajoutant le gibier à l'ordinaire de la caserne, déjà trop riche en viande. L'extension des rizières, qui avait à la fois fait reculer la forêt et les tigres, rendait plus aisée la chasse à la sauvagine. Mais toutes ces hécatombes de canards, de bécasses, de coqs de bruyère sont à la longue lassantes.

L'apparition des premiers avions dans le ciel tonkinois nous vaut par contre d'inattendus commentaires. Ces avions, qui volent à basse altitude, prennent des photos aériennes et exécutent des raids préparatoires aux futures lignes régulières ; notre père, comme sans doute ses camarades, est très conscient de ce que l'aviation va apporter comme bouleversements dans la vie militaire. Et il se sent vieillir. N'est-il pas en effet un vieux colonial, habitué aux longues marches dans la forêt, aux interminables raids en canonnière sur les arroyos ? Ces appareils qui franchissent en quelques heures fleuves, montagnes, forêts, vont bouleverser le temps. Ce ne sera plus *son* temps.

Il parle d'un sous-off, qu'il a vu dans une rue d'Hanoi, rouge de colère, engueulant un indigène stupéfait, parce que celui-ci ne comprenait pas le français. Il ne se souvient plus qu'il eut des réactions semblables et s'offusque.

L'adjudant Morisseau fait un bref passage à Hanoi et, là encore, notre père se scandalise. Comme il demandait à Morisseau où se tenait Bernadette, l'adjudant lui répondit, comme d'une chose sans importance que, rappelé à Phnom Penh, il ne se souvint qu'en cours de route d'avoir oublié de faire ses adieux à sa congaï. « Tant pis, les consolations ne lui feront pas défaut. »

Il raconte encore qu'il a vu embarquer sur le *Roberto Figueras*, petit vapeur sans hublots ni manches à air, bon pour transporter du charbon mais pas des passagers, mille Annamites recrutés pour les mines de nickel de Nouvelle-Calédonie. Entassés en vrac, comme du bétail sans valeur, ne disposant au maximum que d'une place pour trois, ces malheureux, résignés à leur sort, l'écœurent.

Il dit aussi, dans une lettre à sa sœur, que Raymond espère, une fois pensionné, ouvrir un petit café dans la région parisienne, qu'il va sans doute se marier avec sa congaï et l'emmener en France avec leur enfant.

Je lis, dans le livret militaire de mon père, à la rubrique des règlements, que « les hommes de troupe ne peuvent se marier sans l'autorisation préalable du conseil d'administration de leur corps (qui) doit s'assurer que la future jouit d'une moralité irréprochable et qu'elle possède des ressources suffisantes pour ne pas être à la charge de son mari ». Et plus loin: « Les familles des sous-officiers mariés ne peuvent être logées dans les casernes, et les femmes de ces sous-officiers ne peuvent tenir ni café, ni cabaret, ni billard, ni débit ou cantine. »

La quille allait permettre à Raymond de lever cet interdit.

Visiblement, les deux sergents ne pensent plus qu'au départ. Cette Indochine, qui se modernise, n'est plus leur Indochine.

Tout à coup, sans crier gare, cette ultime lettre d'apparence si semblable aux autres que nous aurions pu la lire distraitement, voire en omettre la lecture, un peu lassés par une correspondance qui n'offrait plus de surprise, cette dernière lettre à tante Victorine qui nous pétrifie:

« Ma chère Victorine,

« Je vais rentrer en France en juin prochain. Je n'osais pas te le dire, mais cette petite Odette dont je t'ai parlé, ce n'est pas la fille de Raymond, c'est la mienne. Et Sinoun, c'est ma femme que j'ai ramenée du Cambodge. Maintenant je dois prendre une décision grave et te demande conseil. Est-ce que je peux venir dans la famille avec Sinoun et Odette? Je me marierais avec Sinoun ici, avant de partir. Comme ça tout serait légal.

« Réponds-moi vite.

« Ton frère affectionné,

Aristide »

Le lendemain, nous nous précipitâmes vers la tante Victorine, la dernière lettre de notre père à la main. Elle la lut attentivement et, sans manifester la moindre émotion, nous la rendit.

– Qu'avez-vous répondu, tante ? demanda Odette.

– J'ai répondu : amène ta fille, mais pas la femme. Je lui ai dit que je lui trouverais ici une femme comme il faut.

Et elle nous tourna le dos, pour s'affairer dans la cuisine, dans un grand bruit de casseroles.

– Viens, me dit Odette, je partirai demain.

Nous ne prîmes même pas de petit déjeuner, marchant silencieusement dans les rues presque désertes à cette heure matinale. Je remarquai pour la première fois, comme si on les avait posés dans la nuit, que beaucoup de balcons s'ornaient d'asters et de fuschias et qu'en encadrement de certaines portes des massifs d'hortensias bleus prenaient un air pompeux.

Comme nous arrivions à la place Viète, en montant les escaliers, Odette dit :

– Il a obéi. Il a toujours obéi. A ses frères aînés quand il était valet de ferme, aux sous-officiers quand il était soldat, aux officiers quand il est devenu sergent. Il n'a jamais pris une seule initiative lui-même, sauf de s'engager dans la coloniale.

Je ne savais que dire. La tante Victorine m'apparaissait comme un monstre. Et, en même temps, je comprenais bien que, sans ce refus de la mère d'Odette par tante Victorine, sans l'arrangement qu'elle fit pour son frère du mariage avec ma mère, je n'aurais pas existé.

Je lis aujourd'hui sur le livret militaire de mon père qu'il s'embarqua à Haiphong, le 21 juin 1922, sur le vapeur *Angers* pour le transbordement à Saigon, qu'il voyagea ensuite sur le vapeur *Azay-le-Rideau* et débarqua à Marseille le 5 août 1922. La première lettre à ma mère, trouvée dans les papiers de cette dernière, est datée du 28 août 1922. Le mariage eut lieu l'hiver suivant. La tante Victorine menait les choses rondement.

Nous tournions en rond, toujours silencieux, sous les hauts marronniers. Odette dit brusquement :

– Allez ! viens, on va dire au revoir à notre pauvre père.

Elle dit « pauvre père », comme on disait « le pauvre Aristide », en parlant du défunt. Mais je sentais bien que dans sa bouche ces mots prenaient une autre signification. Odette disait « pauvre père » comme elle eût dit « pauvre type ». Et ce dénigrement me faisait mal.

Nous nous rendîmes au cimetière, par cette rue droite qui ne mène nulle part ailleurs, comme si elle voulait signifier que le domaine des morts est forcément un cul-de-sac.

Devant la tombe, Odette se mit à pleurer, s'essuyant les yeux d'un coup de coude rageur. Elle me dit une nouvelle fois :

– Je partirai demain.

L'étrange est que je ne me souviens plus du tout comment elle partit, par quel moyen, ni de quelle manière nous nous fîmes nos adieux. Il me semble qu'après cette visite au cimetière Odette disparut, que je n'y attachai pas trop d'importance, persuadé de la retrouver bientôt. Notre jeunesse est pleine de ces inconséquences, de ces étourderies, de ces irresponsabilités, qui nous paraissent incompréhensibles dans notre âge mûr et que l'on doit ensuite traîner tout le reste de sa vie, comme autant de regrets ou de remords.

J'ignorais que ces deux mois passés ensemble, l'été 1940, seraient nos dernières grandes vacances ; que nous allions, elle dans la région parisienne, moi à Nantes, vivre un interminable temps de guerre ; et qu'après nous être aimés si fugitivement nous ne nous reverrions jamais.

Nous nous sommes écrit, mais des lettres si banales que j'ai brûlé celles d'Odette voilà quelques années, après les avoir néanmoins conservées longtemps, attachées par un ridicule ruban noir. En 1942, Odette retomba de nouveau malade. La tuberculose l'a tuée en janvier 1943. Elle avait vingt-quatre ans.

Au printemps de la même année, je décidai de me rendre au sanatorium de Villepinte, où elle mourut, et de visiter sa tombe.

Nous nous trouvions alors au plus noir de l'occupation allemande, des bombardements anglo-américains, des pénuries de toutes sortes. Les trains eux-mêmes circulaient mal, fréquemment arrêtés en pleine campagne, parfois mitraillés par des avions anglais, archipleins d'une foule bruyante et brutale, si entassée qu'elle débordait sur les marchepieds, toutes les portières restant ouvertes ; la circulation dans les couloirs étant bien sûr impossible, tout comme l'emploi des W.-C.

Mon premier contact avec un Paris sinistre, qui paraissait désert, fut furtif ; ma préoccupation étant surtout de m'y retrouver dans ces autobus qui, à la porte de Pantin, pouvaient me mener à Villepinte.

Je préfère éviter de retourner dans cette banlieue située aujourd'hui entre deux autoroutes et deux aéroports. Dans mon souvenir confus, je revois une désolante plaine à betteraves, sous la pluie. Très matinal, j'entrai dans un bistrot ruisselant d'eau de lessive et commandai un café (manière de dire en un temps où l'orge, voire les pois chiches, étaient devenus des succédanés du café). Une jeune fille, de quinze à seize ans, traînant ses savates, vint me servir. Toute pâle, maigrichonne, elle essayait de compresser de sa main des quintes de toux. Une grosse femme avec un tablier bleu de jardinier, qui ressemblait à celui du bel Hubert, et qui devait être sa mère, me demanda :

– Vous montez là-haut ?

– Là-haut ?

– Ben oui, au sana, quoi !

– Justement, je voulais vous demander le chemin.

– Vous n'avez pas à vous tromper. En sortant du village vous prenez la route à main droite et vous y arrivez tout droit.

– Et le cimetière ?

– Il est juste derrière. Vous avez quelqu'un là-bas ?

– Oui, ma sœur, morte cet hiver.

La grosse femme se mit à hurler :

– Tu vois, Juliette, je te le dis tout le temps qu'il

faut faire attention. Rentre vite près du feu, tu vas attraper du mal.

La jeune fille me jeta un regard furtif de chien battu et ce regard, je n'ai pu l'oublier. C'est comme si ç'avait été celui d'Odette, ce dernier regard d'Odette dont j'étais (dont je suis) privé ; mourant seule dans son sana, sans famille, abandonnée de tous.

Au sanatorium une bonne sœur pressée me reçut :

– C'est vous le frère ? Bon, je vais vous donner ses affaires. Les vêtements et les objets ont été brûlés. A cause de la contagion, bien entendu. Puisque vous aviez écrit que vous viendriez, je vous ai gardé ce petit coffret. Vous y trouverez ses photos et des papiers personnels. Sa tombe est dans la troisième rangée à gauche en entrant au cimetière. Numéro 20.

Sinistre cimetière sous la pluie, avec des tombes toutes semblables, comme dans un cimetière militaire : un petit monticule de terre et une croix de bois noire. Quelle présence espérer en un tel lieu ? Visite absurde, dérisoire. La seule survie d'Odette, outre la mémoire que je gardais de ce merveilleux été où notre père nous raconta, de lettre en lettre, sa vie en Indochine, devait se trouver dans ce petit coffret en marqueterie. Les photos, peu nombreuses, me montraient néanmoins Odette enfant.

A part une seule, signée Lucien Bédart, 84 rue Blomet, Paris (mais que pouvait bien faire alors Odette, qui semble âgée de douze ans, à Paris, ville que personne ne connaissait dans notre famille ?) aucune des autres n'est datée, ni localisée. La plus ancienne, toute tavelée, me montre une petite fille d'environ trois ans, dans un parc tropical, vêtue d'une robe blanche, chaussettes blanches bien tirées, un ruban blanc dans ses cheveux rejetés en arrière (à l'européenne), un collier autour du cou se terminant par une croix chrétienne. Vivait-elle alors chez les sœurs de la Sainte-Enfance ?

Sur la seconde, elle doit avoir à peu près le même âge, elle est toujours coiffée d'un énorme ruban blanc, qui contraste avec ses cheveux noirs et pose ses mains sur une table recouverte d'une étoffe à dentelle.

La troisième, minuscule, a certainement été découpée dans une photo de groupe. Qui a-t-on voulu cacher ? Odette doit être âgée de huit ou neuf ans. Ses traits asiatiques se sont accentués. Sa coiffure à la Jeanne d'Arc les affirme. Son regard, vif, entre les fentes des yeux bridés, est grave. Sur ces trois photos, elle semble guetter quelque chose. Le petit oiseau qui doit sortir de la boîte, comme lui a promis le photographe ? Non, on voit trop de sérieux et trop de tristesse dans ce regard. Et soudain un sourire un peu pincé, mais un sourire tout de même, sur cette photo prise à Paris. Ses cheveux sont ramenés en frange sur son front. Encore un ruban dans sa coiffure, mais cette fois-ci sans doute de couleur. Et autour du cou (pour faire petite femme) une espèce de renard blanc. Dans les mains, elle tient un bouquet de roses. Regardons mieux ce visage. Oui, un petit sourire espiègle lui ourle les lèvres. Je reconnais ce sourire.

Odette adulte. Une photo d'amateur nous la montre infirmière, dans le parc d'un château que l'on voit en fond de décor. Certainement un sanatorium. La photo est de si mauvaise qualité que le visage ne révèle aucune expression. Une autre photo, sépia, nous la restitue joyeuse, vêtue d'un boléro et d'une longue jupe, un énorme foulard noué en papillon autour du cou.

La photo d'un bal costumé. Elle porte une robe de mariée et ses cheveux sont roulés à l'anglaise. On l'a (ou elle s'est) maquillée pour ne pas « faire indigène ». Son visage est d'une telle tristesse que j'ai bien envie de brûler cette photo ridicule.

Enfin une photo à laquelle elle devait tenir puisque je retrouve à la fois l'original 5 × 5 et un agrandissement en 12 × 18. Le contraste est absolu puisque, ici, elle s'est bien encore déguisée, mais en Japonaise, avec une ample robe de soie drapée, voulant imiter un kimono mais qui se rapproche plus d'un sari. Une ombrelle ouverte, jetée pardessus l'épaule, lui fait comme une auréole que l'on imagine multicolore. Elle s'est également maquillée, mais là en outrant ses traits asiatiques. Les sourcils sont très hauts et réduits à deux simples accents circonflexes. Les yeux sont étirés à l'extrême. Sa bouche, trop soulignée de rouge, me rappelle son maquillage de l'été 40 qui me donnait des réactions pudibondes. Odette est magnifique sur cette photo, mais trop belle, trop parée, trop épanouie, trop exagérément resplendissante, comme une fleur dans son plus bel éclat et qui ne pourra plus, très vite, que s'étioler et mourir.

Un calepin noir, entièrement couvert d'une écriture rapide, portait, calligraphié sur sa page de garde : « A envoyer à mon frère. » Le plus simple n'est-il pas de transcrire tel quel ce texte d'Odette, puisqu'il constitue à la fois un complément au portrait de mon père et à celui de ma sœur ? Et, par là même, l'épilogue de ce récit.

LE CALEPIN NOIR

Mon petit frère chéri,

Je suis de nouveau malade. J'aurais tant aimé que tu sois près de moi, mais je sais bien que ce n'est pas possible. D'ailleurs, je suis de nouveau contagieuse et ce serait mauvais pour toi. Alors je t'écris de mon lit. Je vais essayer tous les matins de t'expliquer ce que je ne t'ai pas dit lorsque nous faisions les fous sur les couettes de la tante Victorine.

As-tu conservé ce catalogue de l'Exposition coloniale ? Tu le regardais souvent. J'ai visité cette exposition avec notre père en 1931. Mes seules vacances avec papa. Courtes, mais quelle singulière équipée, qui ressemblait à une évasion.

Pauvre papa, il ne s'est pas échappé comme il tenta de le faire avec moi. La mort l'a agrippé l'année suivante.

Tu ne te souviens plus de ce voyage à Paris, de papa et moi, qui fit tellement enrager à la fois ta mère et la tante Victorine ? Tu avais sept ans. On ne t'a rien dit. D'ailleurs, papa et moi disparaissions si souvent dans les fermes des oncles et nièces que cette fuite n'a pas dû te sembler anormale.

Que notre père veuille visiter l'Exposition coloniale, rien de plus naturel pour un ancien de l'infanterie de marine. Mais qu'il choisisse de seulement m'emmener moi, qu'il écarte à la fois ta mère et toi, voilà qui faisait jaser.

Je m'en souviens, de l'Expo, comme si c'était hier. Et des affiches : « La grande France exotique vous accueille. »

J'étais émerveillée. Notre père aussi. Je ne le savais pas si gravement malade ; cette même tuberculose qui aujourd'hui me ronge. Pourtant sa maigreur aurait dû m'inquiéter, ses joues si creuses, et les os décharnés de ses doigts que je sentais comme à vif lorsqu'il me prenait par la main.

Près de l'entrée de l'Expo, on passait devant le pavillon de Madagascar puis, en allant vers l'Afrique occidentale française, on rencontrait l'Indochine. Le petit théâtre des danseuses cambodgiennes pailletées d'or séparait les pavillons de l'Annam et du Cambodge. Papa me dit que le pavillon de l'Annam reproduisait le palais des empereurs annamites de Hué. Mais le pavillon le plus extraordinaire, celui que l'on voyait partout, sur les couvertures des catalogues, sur les affiches, c'était le temple d'Angkor, avec ses si hautes tours. Au premier étage se tenait une exposition racontant l'histoire de l'Indochine elle-même.

Papa me promena longtemps dans ces expositions, m'expliquant, me faisant remarquer des détails. J'étais très contente, mais plus de me trouver avec lui, toute seule, de le tenir par la main, que de regarder toutes ces choses trop nombreuses et trop compliquées.

Et puis, tout à coup, tout bascula. Devant une grande photo de paysannes cambodgiennes, pieds nus, avec leurs curieux cheveux en balai-brosse, il me parla de ma mère.

Il me dit qu'elle s'appelait Sinoun, qu'elle était restée *là-bas* ; qu'il avait voulu que je voie le Cambodge ; qu'après tout c'était aussi mon pays.

Quelle stupéfaction ! Je n'avais jamais pensé alors que je pouvais n'être pas aussi française que les autres. Même si on m'appelait Joséphine Baker, à l'école, ça m'agaçait, bien sûr, mais de la même manière que les rouquines l'étaient d'être appelées « Poil de carotte ». J'étais une Française avec une tête un peu différente, voilà tout. Et je m'identifiais vraiment mal à ces indigènes que l'on voyait sur les photos.

Papa me parlait du Cambodge avec tant de détails que je n'en retenais rien. Sinon que c'était un bon peuple, qui avait été autrefois une grande nation (Angkor en témoignait) ; que tout comme le Nil fertilisait l'Égypte, le Mékong vivifiait le Cambodge ; qu'il faudrait que je me souvienne que je n'étais pas annamite, mais cambodgienne ; qu'en réalité les Cambodgiens s'appellent des Khmers et leur pays le royaume de Kampuchéa.

Je ne comprenais pas pourquoi papa me disait tout cela, ni surtout la gravité qu'il prenait pour me le raconter. Je prenais peur qu'il lui soit venu l'idée de me ramener au Cambodge et de m'abandonner parmi des indigènes avec lesquels je ne me sentais aucune parenté. Ma famille se trouvait en Vendée. J'étais vendéenne, moi aussi. Que venait-on m'importuner avec ces Khmers qui ressemblaient à des sauvages !

Tout près des pavillons des colonies, le parc des

attractions m'attirait bien plus avec ses fanfares, ses sirènes de manèges, ses grands chevaux de bois peinturlurés, ses baraques de phénomènes, ses loteries et ses marchands de bonbons. J'y entraînai papa qui dépensa sans compter, m'offrant tout ce qui me tentait. A voir mon plaisir il retrouvait un peu de gaieté.

L'Exposition se prolongeait par un parc zoologique, avec un grand rocher des singes et tous ces fauves qui semblaient en liberté derrière des fossés d'eau. Devant les éléphants, papa me dit qu'au Cambodge les éléphants vivaient en liberté, qu'il ne fallait pas voir ces animaux comme des anomalies ; simplement ce qui nous paraissait anormal ici était normal *là-bas*, et inversement.

Comme les visiteurs plaisantaient lourdement sur les trompes et les oreilles de ces grosses bêtes, papa s'agaça, m'entraîna par la main d'un geste brusque et me dit :

— Ils trouvent comique tout ce qui n'est pas coutumier. Moi aussi, j'étais comme eux, à mes débuts à la colonie. Et maintenant ce sont les Français que je trouve souvent comiques. Tristement comiques ! Regarde tous ces imbéciles qui se sont coiffés d'un casque colonial pour visiter l'Expo. Tu as vu tout à l'heure la queue devant le marchand de casques blancs, à la porte d'entrée. Des guignols ! Nous, on en bavait de devoir toujours coiffer ce maudit casque. Seulement, on mourait plus vite en Indochine d'une insolation que de la balle d'un pirate. J'aurais tellement de choses à te dire ! J'avais cru qu'il ne fallait pas te parler du Cambodge, que chez les sœurs tu deviendrais une vraie petite Française.

Et c'est vrai, tu es devenue une vraie petite Française. Sans l'Expo, je n'aurais sans doute pas pensé à te montrer ce qui est quand même, aussi, ton pays. Enfin, le pays de ta mère. Alors ça m'a pris tout d'un coup. Je me suis dit : il faut que je l'emmène voir le Cambodge.

Puis papa m'a promenée dans Paris. Derrière la gare de Lyon, il a cherché longtemps, je ne savais quoi, dans des ruelles sales où trottinaient de vieux Chinois frileux. Nous sommes entrés dans une boutique rouge qui ressemblait à un bistrot. Personne ne se tenait aux tables qui me parurent crasseuses. Papa appela. Un homme apparut, vêtu d'une blouse incroyablement maculée de taches. Papa et l'homme se mirent à crier, à tel point que je crus qu'ils allaient se battre. Mais non, ils se tapaient dans le dos, se tiraient les cheveux, se secouaient les épaules, mais dans une sorte de danse joyeuse. Papa me dit :

– C'est Raymond ! Tu vois, c'est Raymond...

Je n'avais jamais entendu parler de ce Raymond. Sinon bien plus tard, avec toi... Tu te souviens, dans les lettres, du copain de papa : le sergent Raymond...

Une vieille femme toute ridée, comme ces pommes conservées l'hiver dans les celliers, vint à son tour dans la boutique, sortant d'un trou noir qui devait être une cuisine car elle aussi portait une blouse graisseuse. Raymond, tout en continuant à flanquer des coups de poing à papa (mais je voyais bien maintenant que c'était une manière, curieuse, de le recevoir amicalement) s'exclama :

– Et voilà Dara ! Tu reconnais Dara... Vous vous reconnaissez tous les deux... Ah ! il en a coulé de l'eau, sous les ponts, depuis la colonie !

Le sergent Raymond, qui rêvait à Hanoi de tenir un bistrot à Paris, réalisait son rêve. Enfin, à peu près. Avec sa congaï, comme disait papa dans ses lettres, ils avaient monté un petit restaurant chinois, minable, où ils vivotaient.

– Tu vas rester déjeuner, dit Raymond à papa. Tu vas voir, ça va te rappeler quand on allait au village khmer et qu'on rigolait bien.

– Oui, oui, dit papa, soudain exalté, tout joyeux, comme ça la petite va goûter de la nourriture de *là-bas*.

Ils se racontaient des tas d'histoires que je suivais mal et que j'ai un peu retrouvées dans les fameuses lettres que nous lisions ensemble.

A l'heure du déjeuner, le restaurant s'emplit de quelques clients, tous annamites, qui mangeaient leur bol de riz aux légumes en rotant très fort. J'étais choquée et je trouvais les plats que la congaï de Raymond nous servit absolument infects. Mais j'essayai quand même d'en manger un peu, avec des haut-le-cœur, pour faire plaisir à papa qui se montrait si content de me désigner les pousses de bambou, les germes de soja que je prenais pour des vers blancs et que je repoussais sur les bords de mon assiette, les champignons noirs que je croyais empoisonnés.

Je me sentais toute désorientée, non pas tant à cause de cette nourriture étrange, inimaginable, ni de cette ambiance de boui-boui sinistre, mais par la transformation de papa. Il n'était plus du tout le même que dans notre famille... J'allais écrire dans *ta* famille, car maintenant j'ai compris, je l'avais déjà compris quand nous nous sommes rencontrés, que cette famille est bien peu la mienne, que je n'y suis qu'acceptée, que mes cheveux noirs et mes yeux bridés ont toujours été, pour la tante Victorine, comme pour ta mère, le rappel de celle qui était restée abandonnée *là-bas* ; et peut-être leur remords ; que le seul lien qui m'unit à cette famille, c'est toi ; parce que nous avons le même père et que, malgré ses faiblesses, nous l'aimerons toujours, tous les deux, d'un même amour.

Raymond voulut absolument que l'on revienne dîner le soir. L'après-midi, papa m'emmena chez un photographe qui prit cette photo de mes douze ans, que tu trouveras dans mon petit coffret et qui est la seule où j'ai l'air heureux. Papa, qui ne savait que faire pour me gâter, avait acheté deux ou trois roses à une pauvresse, dans la rue, et me les avait mises dans les mains.

Nous trouvâmes un peu plus de monde à dîner chez Raymond. Mais, cette fois-ci encore, seulement des Annamites. Aussi, lorsque l'on vit entrer tout à coup un grand Français barbu, vêtu d'un costume bleu marine délavé, une médaille jaune avec des lisérés verts attachée par une épingle de nourrice à sa veste déguenillée, on aurait pu penser que tout le monde serait surpris. Mais non. Sauf papa et moi. Les Annamites, eux, continuaient imperturbablement à pousser le riz compact des bols dans leurs bouches, par des mouvements de leurs baguettes, comme des mandibules d'insectes. Quant à Raymond et à sa congaï, ils donnaient au barbu un cornet de papier huileux qui semblait préparé à l'avance.

– C'est un ancien de la colonie, dit Raymond à papa. Lui, il a eu la chance de me trouver et on lui fourgue de quoi bouffer tous les soirs. Mais d'autres sont de vraies épaves. On a retiré de la Seine, la semaine dernière, un ancien du Tonkin qui s'était jeté du haut du pont de Bercy. Juste la veille de l'Exposition coloniale, ça la foutait mal. Aussi la police a-t-elle raconté qu'il s'était fait trucider par des autonomistes indochinois. Tu parles ! Ça existe, c'est sûr. J'en connais qui travaillent comme ouvriers chez Renault et qui viennent parfois bouffer ici. Mais de là à dire qu'il existe aussi des pirates à Paris, minute ! Ce qu'on ne raconte pas dans les journaux, c'est que les anciens soldats de la coloniale, on en trouve des tas, à Paris, qui dorment dans la rue sur les trottoirs et l'hiver sur les bouches chaudes du métro. Tu sais ce qu'on touche comme pension, nous, les sous-off. Sans le restaurant, je ne m'en tirerais pas. Mais un simple soldat, après quinze ans de colonie, qu'est-ce qu'il reçoit, lui, comme pension ? Des clopinettes. Juste de quoi se payer son litron de rouge. Tu te souviens du vieux Lebesque, avec son record de dégradations, si les pirates ne lui avaient pas fait son affaire, peut-être qu'il serait clochard à l'heure qu'il est. Rappelle-toi ce qu'on nous disait quand on arriva à la colonie, en 1909 : « Vous, fils de paysans, soldats et laboureurs... » L'œil fixe sur la casquette du père Bugeaud. Les officiers nous assuraient qu'après notre temps nous deviendrions soldats-laboureurs. Tu as vu ça quelque part, toi ?

J'en connais qui ont la médaille militaire et qui couchent sous les ponts. La médaille, ils se l'accrochent sur la poitrine, comme le zèbre que tu as vu tout à l'heure. Comme ça, les flics leur foutent la paix. Il leur arrive même de recevoir, des sergents de ville, le salut militaire. C'est bien la seule chose qu'ils reçoivent. Mais ça les calme. Ils sont même assez cons pour en être fiers.

Une fois les clients partis, Raymond et sa congaï débarrassèrent de ses tables un coin du restaurant et nous installèrent des couvertures sur le dallage pour que l'on puisse y passer la nuit. J'avais de plus en plus envie de vomir, à cause de l'odeur de graillon, mais je me retenais tant que je pouvais pour ne pas faire de peine à papa qui toussait beaucoup mais dont les yeux retrouvaient toute leur brillance depuis que Raymond ressuscitait leur passé.

Avant de m'endormir, je dis à papa :

– Pourquoi n'as-tu pas ramené maman ? Raymond, lui...

Il m'empêcha de poursuivre :

– Raymond, ce n'est pas pareil. Moi, je n'ai pas pu. Allez, dors. Il est tard. Tu es fatiguée et moi aussi.

Tu sais comme moi, par sa dernière lettre, pourquoi il n'avait pas pu. Mais c'est seulement il y a trois ans que j'en ai appris les vraies raisons, en même temps que toi.

Le lendemain matin, nous reprenions le train à la gare Montparnasse.

J'ai souvent repensé à ce voyage, depuis que nous avons lu les lettres de papa. J'y repense encore plus depuis que je suis immobilisée par la maladie. Et je revois aussi ce trop court été que nous avons vécu ensemble. L'un et l'autre restent des moments inoubliables. Il me semble même que je n'ai vraiment vécu ma vie qu'à ces deux moments-là.

Tu ressembles beaucoup à notre père. Et, dans l'été 40, ne m'en veux pas mais c'était lui que j'avais l'impression de retrouver. Ce qui me navre, c'est que j'ai aperçu en toi une faille : cette même faiblesse désabusée de notre père masquée par un si grand appétit de vivre. Que faire pour t'en guérir ? Moi, je suis trop malade maintenant pour songer à guérir qui que ce soit.

Pauvre papa qui toussait tant, comme moi maintenant, si maigre et si fatigué, qui n'avait plus qu'un an à vivre, et qui crut bon de m'amener devant ce temple d'Angkor factice du bois de Vincennes.

Était-ce le remords de l'abandon de ma mère, dont je ne saurai jamais rien, pas même si elle vit aujourd'hui en Asie ou ailleurs ; était-ce complexe, incertitude ; était-ce simplement nostalgie de la colonie ; qu'avait bien pu pousser papa à quitter brusquement sa tribu, *ta* tribu, à laquelle vous êtes si viscéralement attachés, pour courir après son passé, sa fillette métisse à la main ?

J'ai essayé, l'an dernier, de retrouver le restaurant de Raymond, derrière la gare de Lyon. Raymond avait certainement connu ma mère. Il aurait pu enfin me dire... Mais aucun *Blanc* (pour parler comme *eux*) ne tenait un commerce dans le quartier. Les Annamites m'ont reconnue aussitôt comme métisse et se sont braqués, presque hostiles. Là non plus je n'étais pas de la tribu.

Mon petit frère chéri, je ne connaîtrai jamais le soleil du Cambodge, si chaud. Ici, le temps reste bien gris et ces immenses champs labourés qui entourent le sana ressemblent à une mer de boue. Du balcon, où je suis enfouie dans mes couvertures, allongée sur une chaise longue, comme une rentière, je reçois tous les jours la visite d'une mésange bleue, à tête noire. Elle ne reste pas longtemps, me regarde de côté de son œil rond, puis s'envole.

Je crois qu'elle vient pour me dire quelque chose, mais quoi ?

Le cerveau s'égare lorsqu'on reste trop longtemps seule. On imagine des choses. On se raconte des histoires. Tu te souviens des lectures dont nous parlions. Eh bien, je n'ai plus envie de lire. Je préfère me raconter mes propres histoires. J'aurais tant aimé que tu sois avec moi. Nous nous serions lu des lettres imaginaires, jamais écrites, inventées dans l'instant et fugitives comme cette mésange à tête noire qui me regarde d'un si curieux œil fixe. Et cette guerre qui n'en finit pas, qui s'enlise, qui devient de plus en plus affreuse. Il nous faudrait beaucoup de viande rouge, au sana. On en reçoit un peu plus que vous autres, c'est sûr. Mais l'ordinaire est quand même fait de rutabagas et de topinambours. Comment reprendre des forces avec du sang de navet ? J'ai souvent l'impression que cette guerre ne finira jamais, que les guerres ne finissent jamais ; que c'est seulement nous qui nous lassons de temps en temps, qui les oublions, comme dans ce mois de juillet 40 à Fontenay ; mais qu'elles nous rattrapent et que, nous, nous finissons par finir, mais pas elles. Je revois parfois papa, dans son uniforme bleu, coiffé de son casque blanc, comme s'il se tenait vraiment dans le dortoir, montant la garde près de mon lit comme à la frontière siamoise, dans ce fortin d'où il nous écrivit tant de lettres. J'aimerais qu'il nous écrive encore et que nous soyons tous les deux, tête contre tête, à déchiffrer sa claire écriture. M'entends-tu ? Voilà encore que l'hiver revient. Mon Dieu, qu'il fait froid.

La composition
et l'impression de ce livre ont été effectuées
par l'Imprimerie Aubin à Ligugé
pour les Editions Albin Michel

Achevé d'imprimer le 15 février 1982
N° d'édition, 7486. N° d'impression, L 14343
Dépôt légal, février 1982

sold 40

Imprimé en France